Aus der Tiefe

Für Autumn,
die stets Zeit für eine Tasse Kaffee hatte.

Daniel Nagel

Aus der Tiefe

Dead Girl Walking Press

Bibliografische Informationen der Deutschen Bibliothek: Die Deutsche Bibliothek verzeichnet diese Publikation in der deutschen Nationalbibliografie; detaillierte bibliografische Daten sind im Internet über http://dnb.ddb.de abrufbar.

Herstellung und Verlag:
Books on Demand GmbH, Norderstedt
Printed in Germany
ISBN 978-3-8423-8139-1

**Korrektorat, Lektorat, viel Geduld
und eine Menge gute Ideen:**

Stefan Zawilla   Achim Zien
www.zawilla.de   www.pihalbe.org

Umschlaggestaltung:
Steven Wien
www.sweenix.de

Umschlagillustration „Ocean Cave":
Jeremiah Morelli
www.morjers-art.de

„Die Dunkelheit umfängt dich immerfort, heißt dich willkommen und begrüßt dich als neuen Freund. Wenn sie sich deiner dann sicher sein kann, greift sie mit ihren dunklen Klauen nach dir, Klauen, so riesig, so scharf, dass das Tageslicht von ihnen tropft, wie Blut vom Beil eines Schlachters."

Alexander Wright, **Welcome to Whitecoast**, 2011
- unveröffentlicht -

1. Seine Zeit war vorbei.

Mit einem amüsierten Schmunzeln schlug Alexander die Pappmappe zu und blickte seinem Gegenüber in die bezaubernden, grünen Augen. Dann schaute er kurz auf die Mappe, die den Anheizer für seinen neuen Roman enthielt. Dann wieder in ihre Augen.

„Und was soll ich daraus jetzt machen?" knurrte er, während er gedankenverloren damit begann, seinen Kaffee umzurühren.

„Das ist der Stoff aus dem Bestseller sind", trällerte sie in besserer Laune, als es seine aktuelle finanzielle Situation oder sein Zustand eigentlich zuließ. Schließlich war es ja nicht sie, deren Kontostand bei allen Angestellten des Kreditinstitutes nur noch verlegenes Lächeln auslöste.

Er schüttelte den Kopf. „Liest du meinen Blog? Die Kommentare bei Facebook?"

„Aber natürlich Schätzchen. Worauf willst du hinaus?"

"Früher haben die Menschen ein Buch geliebt, weil es von einem bestimmten Autor kam und ein brutales Cover hatte. Heute tauschen sie sich über alles und jeden im Internet aus und zerlegen jede noch so gute Geschichte bis auf die letzte Faser."

"Das ist das Tolle an Social Media", trällerte sie. "Jeder kann seine Meinung öffentlich kundtun und wir haben die Möglichkeit, gezielt auf diese Meinungen einzugehen und den Lesern das zu geben, was sie lesen wollen."

"Und was ist, wenn das, was die Leser lesen wollen, nicht das ist, was ich schreiben will?" Er machte eine Pause, hob jedoch die Hand, um ihr zu zeigen, dass er keine Entgegnung erwartete.

In einer übertriebenen Geste deutete Alexander Applaus an. „Und du meinst wirklich, dass du mit einem verschwundenen Trödelhändler aus den Dreißigern punkten kannst? Wie bist du eigentlich auf diese absurde Idee gekommen?!" Alex spürte, wie er die Stimme erhob, mäßigte sich jedoch augenblicklich wieder.

„Ich habe davon geträumt." Sie lachte und er konnte beobachten, wie ihre Wangen kurz unterhalb der Jochbeine eine leichte Rötung annahmen. Alex wiederum konnte dieser Antwort nichts abgewinnen und fuhrt deshalb mit seiner Attacke auf das unliebsame neue Projekt fort: „Und überhaupt: weißt du eigentlich, wo Newburyport ist? Lies das Feedback, die Fanpost", er hielt kurz inne, scheinbar um zu überlegen, fuhr dann aber unvermittelt fort: „Ganz egal. Was du willst. Meine Leser wollen keinen subtilen Horror mehr, sondern Blut, das aus den Seiten läuft. Clive ist genau zur richtigen Zeit berühmt geworden."

Alex holte tief Luft, nahm einen großen Schluck Kaffee und antworte in einem ruhigen, sachlichen Tonfall: „Das, was ich da schreiben soll, ist eine kleine niedliche Geistergeschichte. Meinst du allen Ernstes, dass du damit noch jemanden aus der Reserve lockst?"

Ihre Stimme wurde ernst: „Aber es beruht auf wahren Begebenheiten. Die Unterlagen, die dir vorliegen, stammen aus dem Nachlass eines Antiquars, der Anfang des letzten Jahrhunderts spurlos verschwunden ist."

"Meine Leser wollen keinen subtilen Horror mehr, sondern Blut, das aus den Seiten läuft. Clive ist genau zur richtigen Zeit berühmt geworden."

Die beiden mussten bei der Erwähnung des ebenso berühmten wie berüchtigten Splatter-Autoren und Regisseurs lachen. Clive Barker zählte bereits vor seiner zweifelhaften Berühmtheit zu seinen Freunden und wurde auf Partys von gemeinsamen Bekannten gerne als das blutrünstige Gegenstück des Alex Wright bezeichnet – in Anspielung darauf, dass die Allgemeinheit Alex' zielgerichteten und schleichenden Grusel gegenüber Werken des Briten als fad und beizeiten langweilig empfand. Eigentlich nicht nur „beizeiten", sondern immer, gestand er sich ein. Sein Ruhm stammte aus einer Zeit, die Jahrhunderte zurückliegen musste und in der allein das Wort „Grusel" dem potenziellen Leser einen Schauer über den Rücken jagte. Dem geneigten Leser würde sein Name bestenfalls aus der einen oder anderen Bestsellerliste der späten 1980er Jahre bekannt vorkommen. Alexander Wright. Wie bezeichnend dieser Name doch für einen Schriftsteller war. Im Grunde ein gutes Omen. Auch, wenn er das eine oder andere mäßig erfolgreiche Buch geschrieben hatte, ging er leider zwischen Stephen King und all den Trittbrettfahrern, die mit breitgeschriebenem Pseudohorror den schnellen Dollar verdienen wollten, sang- und klanglos unter.

„Es geht nicht um Blut, Alex. Es geht darum, den Lesern eine Geschichte mit Realitätsbezug zu präsentieren. Etwas Authentisches. Die zeit der plump geschriebenen und ausgezeichnet vermarkteten Vampirgeschichten ist vorbei", Autumns Augen leuchteten mit einer Intensität, der sich Alex nur schwer entziehen konnte.

Alex arbeitete bereits einige Jahre mit Autumn zusammen. Als seine Agentin hatte sie ein gleichermaßen eigennütziges wie nachvollziehbares Interesse daran, den Namen „Wright" wieder nach ganz oben auf die Top10-Listen dieser Welt zu hieven. Und das versuchte sie mit allen Mitteln. Ein ausgereiftes Kommunikationskonzept, Social Media, Themen mit Zeitbezug, die authentischer nicht sein konnten, Lesungen auf Conventions und Messen – die Liste ließe sich beliebig fortsetzen. Alles miteinander Dinge, denen er eigentlich nichts abgewinnen konnte und die ihm die Zeit zum Schreiben raubten. Wenn er ehrlich war, hatte er sich bereits vor Jahren davon verabschiedet, als Schriftsteller wieder in aller Munde zu sein. Auch eine kleine Gruselgeschichte aus der Provinz würde dabei nicht helfen, egal wie reißerisch er sie aufbereiten und Autumn und der Verlag sie präsentieren würden.

„MEINE Zeit ist vorbei", schnaubte er designiert.

„Alex, Schätzchen, das ist doch Quatsch! Im Gegenteil. Dank der modernen Kommunikationswege werden wir dich aus dem dunklen Zeitalter der 80er direkt in die Neuzeit holen. Ein Oldschool-Autor, der Oldschool-Bücher schreibt. In unserer Zeit. Du bist jemand, der sein Handwerk noch gelernt hat. Du hast mehr Erfahrung, als diese jungen Kerle. Du bist …"

Mit einer kurzen Handbewegung unterbrach er sie.

„… alt?"

Stille.

Oldschool. Er konnte diesen Begriff noch weniger ausstehen, als Autumns permanentes „Schätzchen". Ihr Plan war es, dass er sich irgendeine sonderbare Geschichte rund um den verschwundenen Buchhändler ausdachte und sie parallel die anfallende Recherche in Dörfern, die so klein waren, dass sie den Begriff Dorf nicht mehr verdienten, beinahe live bei Facebook, Twitter und YouTube protokollieren und inszenieren konnte. Die Filmrechte an der Geschichte würden sich mehr als gut verkaufen. Autumn erwähnte das immer und immer wieder.

Seitdem sie herausgefunden hatte, dass er ein Semester Literaturwissenschaften an der Miskatonic University in

Arkham studiert hatte, war er in ihren Augen jemand „vom Fach".

„Schon gut." Alex winkte ab.

„Ich verstehe schon."

„Das ist gut. Du musst von Boston nach Arkham mit dem Zug fahren. Dort wartet dann bereits ein Mietwagen auf dich, mit dem du weiter nach Newburyport fahren kannst. Leider konnte ich beim Verlag nicht mehr locker machen ... aber hier hast du noch ein kleines Taschengeld, damit du auch mal ordentlich Hummer essen gehen kannst in deiner Heimat." Sie schob einen auffallend dünnen Briefumschlag über den Tisch.

Alex hasste Hummer.

„Du hast das alles schon angeleiert? Warum schreibst du denn das Buch nicht allein? Ich habe keine Lust, einmal die Küste rauf und wieder runter zu reisen, um ein paar Notizen über irgendeinen Buchhändler zusammenzustellen, die du wahrscheinlich bei Google schon lange gefunden hast, nur, weil du der Meinung bist, dass es strategisch sinnvoll sei, mich ein wenig in der Nähe meines Geburtsortes forschen zu lassen."
Sie lächelte. „Alexander Wright, DU bist das kreative Genie. Und: DU wirst diese Reise antreten." Sie machte eine Pause.

„Morgen."

Vor Schreck fiel ihm der Löffel klirrend in die Kaffeetasse.

„Morgen?!"

„Morgen."

„Autumn, ich hasse die Küste. Ich hasse die kleinen Dörfer mit ihren kleinen Häusern und den weißen Lattenzäunen. Ich hasse Hummer vom Stand an der Straße. Ich WILL nicht zurück dorthin."

„Morgen." Ihr Tonfall schien sich nicht im Ansatz seiner schlechten Laune anzupassen.

Ohne Autumn weiter zu beachten, stand er auf und verließ wortlos das Café. Obwohl er sie durch das riesige Schaufenster noch sehen konnte, signalisierte sein Handy bereits in derselben Minute den Eingang einer Kurznachricht. Flüchtig schaute Alex nach und bereute diese Entscheidung beinahe im selben Moment.
"Morgen."

Ärgerlich stopfte Alex an diesem Abend einige Kleidungsstücke in seine Reisetasche und verstaute die wichtigsten Arbeitsutensilien – seinen Laptop, einen Reserveakku, sein Diktaphon, sowie diverse Notizbücher und Bleistifte – in seiner abgenutzten Aktentasche. Er würde diese alberne Reise schnell hinter sich bringen. Mit einer guten Flasche Bourbon konnte er innerhalb einer Woche ein zwar seelenloses, aber vorzeigbares Manuskript verfassen. Nichts, worauf er stolz sein konnte und würde, aber immerhin könnte er die abartige neuenglische Küste dann wieder hinter sich lassen und zurück in die schützende Umarmung Bostons flüchten . Es war schwer zu erklären, was genau die tiefe Abneigung gegen die Küste und das Meer, die kleinen Fischerdörfer und die eigentümliche Gastfreundschaft ihrer Bewohner begründete. Sie hatte ihn einfach nur dazu getrieben, dass er so weit, wie es ihm seine beschränkten finanziellen Mittel ermöglichten, von der Küste und dem neuenglischen Morast weg kam. Und doch streckte dieses verrottende Stück Gesellschaft seine Fänge nach ihm aus. Nach all den Jahren und trotz der anderthalb tausend Meilen zwischen ihnen. Er schaute aus dem Fenster. Flackernde Leuchtreklame, diffuses Licht von Straßenlaternen und eine für dieses Viertel typische Betonwand auf der anderen Seite der mit Müllcontainern und Unrat vollgestopften Gasse stellten in den letzten Jahren den Höhepunkt seiner Aussicht dar. Kein Vergleich zum unvorstellbaren Blick über die Stadt, den die Dachterrasse seines Penthouses ihm geboten hatte – zumindest zu der Zeit, als die Menschen seine Bücher liebten und er sorglos mit dem Geld umgehen konnte.

Im Grunde konnte Alex das jetzt auch tun, denn bei der Höhe seiner Schulden machten ein paar hundert Dollar mehr oder weniger auch keinen Unterschied. Von Frustration zernagt, stapfte er durch die dreckige und unordentliche Wohnung, deren Instandhaltung er bereits lange aufgegeben hatte, bis er sich auf das Bett fallen ließ. Er hatte sich von Autumn nicht überreden lassen, um wieder in eine der teuren Wohnungen nach Downtown ziehen zu können, sondern um sich dieses Loch hier überhaupt noch leisten zu können. Sein Leben war eine einzige Katastrophe.

Aufgewühlt und innerlich zerrüttet verfiel Alex in einen leichten, unsteten Schlaf. Die Träume, die ihn heimsuchten, waren blass und substanzlos. Als er wenige Stunden später durch das schrille Geräusch seines Weckers aus dieser Zwischenwelt von Schlaf und Wachsein gerissen wurde, war er erleichtert, die nächtliche Tortur überstanden zu haben. Allerdings fehlte ihm die Erinnerung an konkrete Inhalte seiner Traumerlebnisse. Alex wusste jedoch, dass er schon sehr bald mehr als genug Gelegenheiten bekommen würde, Eindrücke zu sammeln. Die Träume würden sich während seiner Zeit an der Küste so stark häufen, dass er ohne die Hilfe starker Schlafmittel die Nächte kaum durchstehen konnte. Autumn wusste nicht, was sie ihm mit diesem Projekt antat und würde es, das schwor sich Alex, auch nicht erfahren. Wahrscheinlich würde sie seine tiefverwurzelte Phobie auch noch als Aufhänger für die Vermarktung eines Buches mit einem geistig labilen Schriftsteller als Protagonisten nutzen. Nein, er würde seine Träume für sich behalten. Dazu fürchtete er sich zu sehr vor diesen Träumen. Und er hasste die Küste.

Autumn hatte ihm die online gebuchten Billigtickets für den Flug per E-Mail geschickt und ignorierte auf stoische Art und Weise seine Unzufriedenheit mit der Situation und ihren Plänen. Während Alex sich bereits vor dem miesen Essen im Flugzeug zu ekeln begann, als er absolut irreführende hochauflösende Fotos von Gourmetmahlzeiten auf der Website der Airline anschaute, gingen seine Gedanken auf Wanderschaft, beinahe als würden sie vor der Vorstellung von schlechtem Essen fliehen wollen. Fatal war jedoch der Ort, den sie sich für ihre Flucht aussuchten.

2. Die Vergangenheit.

Er wusste, dass er eingeschlafen war und träumte, als er die Möwen schreien hörte. Seit seiner frühen Jugend waren das verächtliche Schreien des Meeresvogels in Verbindung mit dem immerwährenden Rauschen der Wellen und das Tosen der Brandung an den Klippen zu einer unendlich schrecklichen Kakophonie verschmolzen. Er sah hinaus auf das unergründliche, dunkle Meer. Und dann weiter, bis zum Horizont. Der graue Himmel und der aufkommende Wind kündigten einen Sturm an. Wenn man sich Bilder der Küste Neuenglands ansah, bekam man immer nur blaue Himmel, weiß gestrichene Häuser und Panoramaaufnahmen von noch mehr weiß gestrichenen Häusern entlang eines grünen Landstriches, der in einer zerklüfteten Felsenklippe endet, zu sehen. Manchmal erhob sich in einiger Entfernung vor der Küste auf einem schwarzen Felsen ein rot-weiß-gestreifter Leuchtturm. Oder eine Kirche. Hin und wieder gab es dann noch die Panoramaaufnahme bei Nacht. Niemals jedoch zeigte sie die Hässlichkeit, die von Unwettern bestimmte Farblosigkeit, die sonderbare in Gastfreundschaft verborgene Feindseligkeit der Dörfler gegenüber Fremden und das Verwesende unter der Oberfläche.

Das Meer ängstigte ihn. Das weitläufige, unbekannte Territorium, dass selbst in der Moderne noch annähernd unerforscht ist, beflügelte auf schreckliche Art und Weise seine Fantasie. Was verbarg sich in den dunklen Tiefen vor dem Licht? Manchmal war Alex der Meinung, in seinen immer in Ausschnitten wiederkehrenden Visionen am Horizont gewaltige, nicht identifizierbare Umrisse erkennen zu können. Und in jeder Nacht schienen sie ein Stück näher zu kommen.

Das Summen seines Weckers riss Alex aus dem Schlaf. Erneut. Nach einem kurzen Moment der Desorientierung breitete sich bereits die Erleichterung in ihm aus, nur geträumt zu haben. Dennoch brauchte er einen Augenblick, um sich zu sammeln und die Fragmente dieser Manifestation der Angst aus seiner Erinnerung zu verdrängen. Dabei wurde es immer schwerer für ihn, das rettende Ufer der Realität zu erreichen. Einige Minuten später vertiefte sich Alex bei einer Tasse Kaffee in die aktuelle Ausgabe der USA Today, um auch die letzten Reste des Albtraumes zu vertreiben, dem er sich in den kommenden Nächten wieder regelmäßig würde stellen müssen. Der erste Stress keimte bereits in ihm auf. Niemals im Leben hatte er je wieder eine stärker ausgeprägte Abneigung empfunden als gegenüber dem Meer und im Speziellen dieser Küste und ihren Bewohnern.

Als gebildeter Mensch wusste Alex sehr gut, dass diese Empfindungen eigentlich vollkommen unbegründet waren. Es gab zwar Ereignisse in seiner Jugend und seiner Kindheit, die er in Summe durchaus als Auslöser seiner Gefühle für diesen Landstrich bestimmen konnte, doch im Grunde rechtfertigte es seine Emotionen nicht. Alex war sich im Klaren, dass er den Leuten Unrecht tat, aber trotzdem griff er, wie ein Süchtiger zur Flasche greift, immer wieder nach seinen Vorurteilen. Sie schützten ihn und waren eine gute Ausrede dafür, sich nicht mehr mit der eigenen Vergangenheit auseinanderzusetzen als unbedingt notwendig war. Gut, die Notwendigkeit bestand eigentlich schon, aber er wollte es schlicht und ergreifend nicht. Jetzt, dreißig Jahre später, würde das seine Meinung von der Küste nicht ändern.

Die Ursache war seine Angst vor dem Meer, aus der im Laufe der Jahre jenes Unwohlsein geworden war, dass ihn nachts nicht mehr schlafen ließ. Selbst beim Anblick von Bildern, die den Ozean zeigten, fuhr ihm sofort ein Schauer über den Rücken. Es ist jenes unbeschreibliche Gefühl, das Menschen haben, die einmal in einen Auffahrunfall verwickelt waren und seitdem auch als Beifahrer versuchen, das Bremspedal zu betätigen. Nur in erheblich schlimmerer Ausprägung.

Im Grunde hatte er eine glückliche Kindheit gehabt. Und auch seine Jugend verlief ohne schreckliche Ereignisse. Selbst an jenem Tag, als das Grauen seinen Anfang nahm, war sein Leben wohlgeordnet verlaufen. Sie waren auf dem Rückweg vom Baseball gewesen, Boston Wolverines gegen Arkham Wyverns. Es war ein gutes Spiel gewesen. Der in Arkham legendäre Moderator hatte den letzten Punkt in seinem Übermut als den denkwürdigsten Moment des Universums bezeichnet. Sie hatten gelacht und gefeiert. Sogar Bier hatten sie getrunken. Für Alex lag J.J. Cooper absolut richtig. Der denkwürdigste Moment des Universums.

In welcher Hinsicht? Das würde Alex bald merken.

Noch am selben Abend suchten ihn bereits damals schleierhafte Vorboten der sehr konkreten Schreckensvisionen heim, die ihn jetzt plagten. Alex holte tief Luft und stach in das Wespennest der Erinnerung. Es war nicht der Sturz aus beinahe siebzig Metern, den er fürchtete. Soweit er sich erinnerte, hatte der Fall sogar ein Stück weit etwas Befreiendes gehabt. Es war auch nicht der Aufschlag auf das steinharte Wasser gewesen. Das waren nur körperliche Schmerzen. Erst recht war es nicht wegen *ihr*, das war nur jugendliche Verliebtheit.

Es war das Ertrinken. Dieser unendlich kräftezehrende Kampf gegen die so übermächtigen Fluten, die von einen Augenblick auf den anderen überall um ihn herum waren. Das Wasser war so kalt gewesen, dass Alex geglaubt hatte, er würde verbrennen, während er in wilder Panik um sein Leben gekämpft hatte. Der junge Alex, der zwar mit seinem Leben nicht zufrieden war, aber der noch nicht bereit war, diese Welt zu verlassen. Der leben wollte und dem nun drohte, von den kalten Klauen des Meeres zerrissen zu werden. Seine Muskeln, gelähmt von dieser unbeschreiblichen Kälte, wurden müde, Wasser füllte seine Lungen. Schnell und ohne Gnade.

Aber er wollte doch leben!

Es war still. Das einzige Geräusch, dass er wahrzunehmen glaubte, war das Rasen seines eigenen Herzens. Und auf einmal konnte er wieder atmen. Die tobenden Fluten um ihn herum hatten ihn wieder freigegeben. Für einen Moment. Sie warfen ihn umher, als sei er ein Spielzeug. Alex hatte schon lange die Orientierung verloren. Den Naturgewalten schutzlos ausgeliefert, war die Frage nach oben und unten einfach nicht mehr relevant. Gierig schnappte er nach Luft, als sei es sein erster Atemzug auf dieser Welt. Im nächsten Moment flog er durch die Luft. Der harte Aufschlag, der folgte, stand in keinem Vergleich zu seinem Sturz ins Wasser. Hatte dieser sich noch so angefühlt WIE der Aufprall auf Felsen, war er diesmal wirklich auf Felsen geprallt. Alex spürte seinen Körper nicht mehr, sondern nur noch Wogen des Schmerzes, die durch das leblose Fleisch spülten, die auch sein Bewusstsein gefangen zu halten schienen. So lag er auf dem grünen, glitschigen Felsen und konnte aus dem Winkel, in dem sein Kopf lag, lediglich erkennen, wie die Gischt über den Rand seiner kleinen, einsamen Insel schlug. Der Wind peitschte über die Oberfläche des über Jahrhunderte durch das Wasser polierten Felsen, so dass sich zu dem Schmerz, der einfach nicht verschwinden wollte, nun auch Kälte gesellte. Er wollte schreien, doch ein verzerrtes Schluchzen war das einzige, wozu er noch in der Lage war.

Aus seinem Augenwinkel heraus nahm er eine Bewegung wahr. Schemenhaft, kaum zu erkennen, doch sie war da. Alex wollte den Kopf bewegen, doch ihm fehlte die Kraft. So lag er regungslos da und konnte nur erahnen, was sich da bewegte. Es musste ein Lebewesen sein, denn es bewegte sich, aufrecht, doch die Art und Weise, wie es über den Fels zu schleichen schien, war alles andere als menschlich. Es kam auf ihn zu. Und es war nicht allein. So unwirklich die Bewegungen des Wesens auch wirkten, so sehr schienen sie genau in diese Situation zu gehören. Die stürmische See und der grüne Felsen boten der Gestalt eine mehr als angemessene Bühne.

Auf einmal blickte er in zwei riesige, schwarze Augen. Das Wesen hatte sich zu ihm heruntergebeugt und schaute ihn an, das eigene Gesicht nur wenige Zentimeter von seinem entfernt. Der Geruch des Meeres in einer vielfach stärkeren Form stieg ihm in die Nase und das einzige, was er außer den beiden schwarzen Kugeln, die ihn unablässig anstarrten, überhaupt noch wahrnahm, war die Kälte, die das Monstrum auszustrahlen schien.

Das Wesen brüllte ihn an, wobei es ihm ein Maul voll mit mehreren Reihen spitzer Zähne offenbarte. Der tobende Sturm schien für die Stimme des Monsters einen Augenblick zu schweigen. Fremdartig und unweltlich erklang eine kreischende Stimme, ein einziger Laut, von dem man nicht sagen konnte, ob es sich um ein formuliertes Wort oder eine artikulierte Emotion handelte.

Dann, ganz plötzlich, war es für eine Sekunde nicht mehr kalt. Und auch die Schmerzen waren aus seinem Körper gewichen. Für einen einzigen kurzen Moment spürte Alex, wie er starb.

Später würde man ihm im Krankenhaus berichten, dass nur durch Zufall ein Schnellboot der Küstenwache eine Trainingsfahrt in diesem Bereich der Klippen gemacht habe und seinen Körper auf dem Felsen gefunden hatte. Zu diesem Moment, zumindest schätzte das der Sanitäter, hatte sein Herz bereits mehrere Minuten nicht mehr geschlagen. Wie durch ein Wunder zeigten die Wiederbelebungsmaßnahmen Wirkung und Alex wurde, zwar im Koma liegend, aber lebendig ins Krankenhaus gebracht. Normalerweise hätte er einen solchen Sturz auf keinen Fall überlegen können. Man berichtete ihm davon, dass er während seines Komas von schlimmen Träumen geplagt wurde. Mehr als einmal musste man ihn fixieren, um auszuschließen, dass er sich selbst verletzte.

Andere Personen oder Wesen, das bestätigten ihm die Seemänner der Küstenwache mehrfach auf sein Anfragen, waren nicht entdeckt worden und es wäre blanker Selbstmord gewesen, bei diesem Wetter in den Klippen unterwegs zu sein. Der Felsen, auf dem sie ihn gefunden haben, würde nur bei extrem schwerem Seegang überhaupt aus dem Wasser ragen. Die Ärzte hingegen taten seine Schilderungen von einem Wesen mit schwarzen Augen als Folge des Sauerstoffmangels seines Gehirns ab. Alex wünschte sich bis heute, dass er diesem Beispiel einfach folgen könnte.

Wie durch ein weiteres Wunder überstand er den Vorfall ohne bleibende Schäden. Zumindest ohne physische. Seine Psyche hingegen war seit jenem Tag im Oktober verkrüppelt und sehnte sich nach dem Tod.

Alex verzichtete darauf, Anzeige zu erstatten. Er verzichtete auch darauf, einen der Beteiligten jemals wiederzusehen und damit zu konfrontieren, dass sie ihn nach dem tragischen Unfall einfach ertrinken lassen wollten. Er hatte die Exmatrikulation bereits aus dem Krankenhaus heraus vorgenommen. Nach seiner Entlassung packte er einen Karton seiner wichtigsten Habseligkeiten zusammen und überließ den Rest dem nächsten Mieter im Wohnheim.

3. Und dann war er geflohen.

Weg vom Meer und seiner gleichgültigen Kälte, weg von seiner Vergangenheit. In seiner neuen Heimat arbeitete er als kleiner Laufbursche bei Zeitungen und Verlagshäusern, um sich über Wasser zu halten, während er nachts Kurzgeschichten schrieb, die er in den unzähligen Schundmagazinen im ganzen Land recht erfolgreich veröffentlichte.

Das war vor dreißig Jahren gewesen. So viele Erinnerungen hatte die Zeit ihm genommen, doch diese Verwirrung aus Abscheu, Furcht und Unverständnis hatte sie ihm gelassen. Er trank einen Schluck Kaffee, während er ein weiteres Mal versuchte, sich diesem dunklen Geflecht aus Emotionen und Empfindungen, das sich tief in ihm festgesetzt hatte, rational zu nähern. Etwas, das er seit Jahrzehnten gleichermaßen regelmäßig wie erfolglos tat. Manchmal stellte sich Alex dieses Knäuel des Bösen in ihm mehr wie eine auf Hochglanz polierte Kugel vor. Eine Kugel, die ihm jedes Mal entglitt, wenn er kurz davor war, sie mit Hilfe der Rationalität zu fassen zu bekommen.

Wenige Stunden später saß Alex bereits im Flugzeug nach Boston. Während des Fluges versuchte er verzweifelt, sich wachzuhalten und dem Traum so lange wie möglich aus dem Weg zu gehen. Halbherzig studierte er das Dossier, das Autumn ihm zusammengestellt hatte.

Es handelte sich dabei um eine perfekte Zusammenstellung von Informationen, die Autumn wie gewohnt auf höchstem Niveau aufbereitet hatte. Manchmal fragte sich Alex, was jemand mit ihren Fähigkeiten dazu veranlasste, als Agentin für einen kaum noch bekannten Schriftsteller zu arbeiten. Stattdessen, zumindest vertrat er diesen Standpunkt, sollte sie irgendwo in einem großen Konzern die Karriereleiter jeden Tag ein Stück weiter nach oben klettern.

Auf der anderen Seite war er durchaus froh, dass er jemanden wie sie hatte. Autumn zeichnete sich durch eine Zielstrebigkeit aus, die er bei noch keinem anderen Menschen in dieser Form erlebt hatte. Und auch wenn er oftmals anderer Meinung war, lag sie mit ihren Einschätzungen und Ideen grundsätzlich richtig. Das änderte jedoch nichts daran, dass sie mit ihrer Vision einer neuen Form des mit Fiktion angereicherten Tatsachenromans den Bogen überspannt hatte. Er musste nicht nur die Geschichte eines kleinen Buchhändlers so frisieren, dass am Ende etwas Mysteriöses dabei herauskam, sondern auch noch an die Küste zurückkehren.

Alex biss sich vor Wut auf die Lippen. Wenn er das Geld nicht so dringend brauchen würde, wenn er nicht schon zu lange mit dem Rücken an der Wand stehen würde, dann hätte er bei ihrem Treffen mit der Faust auf den Tisch gehauen und ihr deutlich zu verstehen gegeben, dass sie sich ihre vermeintlich großartige Idee an den Hut stecken könne.

Doch ihm blieb nichts anderes übrig, als die bittere Pille zu schlucken und den immer stärker in ihm rumorenden Unmut zu ignorieren.

Ein deutlich spürbarer Ruck ging durch das Flugzeug. Das Dossier rutschte umher und fiel von dem viel zu kleinen Tisch am Sitz seines Vordermannes. Der Inhalt verteilte sich auf den gereinigten, aber deshalb noch lange nicht sauberen Teppichboden der viel zu engen Maschine. Mehr ärgerlich als erschrocken blickte Alex sich um, aber wie bei Nachtflügen üblich schliefen beinahe alle Passagiere. Niemand würde kommen und ihm helfen, die Papiere aufzusammeln. Für diese Art von Aufmerksamkeit des Personals hatte der Verlag einfach zu wenig bezahlt. Mühsam klaubte er jeden Bogen einzeln vom Fußboden auf. Dabei blieb sein Blick an der groben Fotokopie eines Zeitungsartikels hängen. Es war die Ausgabe des Arkham Advertisers vom 17. Mai 1929. Rasch überflog er die ersten Zeilen:

Mysteriöser Selbstmord im Wohnheim der Miskatonic University

In der vergangenen Nacht kam es zu einem tragischen Vorfall auf dem Gelände der Miskatonic University im Bereich der West-Church-Street und der College-Street. In der Zeit zwischen 02:00 und 03:00 morgens hat sich der junge Doktor der Wirtschaftswissenschaften Jakob Bierce, Sohn des bekannten Professors Damien Philipp Bierce, das Leben genommen. Sein verbrannter Leichnam wurde durch die Feuerwehrmänner Wermuth und Kent in dem von innen verschlossenen Appartement gefunden. Die Feuerwehrleute geben an, dass sowohl Tür als auch sämtliche Fenster der kostspieligen Wohnung im Hauptwohnheim des Campus von innen mehrmals verriegelt waren. „Beinahe so, als wollte der Junge die Welt aussperren", sagt Chief Wermuth gegenüber dem Arkham Advertiser.

Ab hier wäre der Artikel auf der nächsten Seite fortgesetzt worden, doch auch nach einer intensiven Untersuchung sowohl des Bodens als auch der Mappe konnte Alex die zweite Seite nicht finden. Autumn hatte mit ihrer makellosen Handschrift eine Notiz auf den Rand der Seite gemacht:

"Klingt spannend. Vielleicht zu gebrauchen?"

Der Artikel kam Alex bekannt vor. Auch das Foto des jungen Studenten, dass etwa ein Viertel der Seite ausmachte, erinnerte ihn an etwas – was es jedoch war, wollte ihm einfach nicht einfallen. Allerdings stellte sich ihm nun die Frage, wie genau der Selbstmord, so sonderbar die Umstände auch gewesen sein mochten, mit dem Verschwinden eines Buchhändlers in Zusammenhang stehen sollte. Auf Anhieb konnte er nur die zeitliche Komponente erkennen. Wenige Tage nach dem Selbstmord des jungen Akademikers war das Verschwinden des Antiquars bemerkt worden. Ein direkter Zusammenhang zwischen beiden Personen schien jedoch nicht zu bestehen. Sie waren nicht verwandt und kannten einander wahrscheinlich noch nicht einmal. Alex ging die übrigen Unterlagen durch. Eine Haftnotiz mit der Aufschrift „Tatverdächtiger?" zog sein Interesse auf sich. Präsentierte ihm Autumn nun schon das Ende seiner Geschichte auf dem Silbertablett? Mit gerümpfter Nase blätterte er die gehefteten Seiten auseinander. Vorrangig handelte es sich hierbei ebenfalls um Zeitungsartikel, doch zwischen ihnen verbargen sich auch Polizeiberichte und Protokolle von Augenzeugenberichten. Anerkennend pfiff Alex durch die Zähne, was ihm sogleich den bösen Blick eines Sitznachbarn einbrachte. Wie hatte diese kleine, zierliche Person es geschafft, an diese Unterlagen heranzukommen?

Warum fiel ihm denn nur nicht ein, wo er diesen Zeitungsartikel und das Gesicht des Jungen schon einmal gesehen hatte? Missmutig verstaute er die Unterlagen wieder in der dafür vorgesehen Mappe und orderte bei der Stewardess einen Whiskey. Wahrscheinlich war es ohnehin nicht von Bedeutung.

„Das Internet macht alles möglich", hörte er sie in seinen Gedanken sagen.

Die Artikel des Arkham Advertisers, der Arkham Gazette, des Newburryport Inquirers und einiger anderer Tageszeitungen, von denen lediglich die ersten beiden überregional erschienen waren, hatten von dem unerklärlichen Verschwinden des Buchhändlers berichtet. Der Fall hatte wirklich für Aufsehen gesorgt. Gemessen an der reinen Anzahl an Zeitungen, die darüber geschrieben hatten, schien dieser Antiquar wirklich eine lokale Berühmtheit gewesen zu sein. Dann erinnerte er sich, dass er beim Überfliegen irgendwo in den Unterlagen auch einen kurzen Lebenslauf gesehen hatte. In einem Zug leerte er seinen Whiskey und begann mit der Suche.

Solche Momente der Neugier hatte er in den letzten Jahren viel zu selten erlebt. Sein Verstand arbeitete auf Hochtouren, versuchte Verbindungen zu knüpfen und Parallelen zu ziehen. Jetzt hatte Autumn es doch geschafft und seinen investigativen Ehrgeiz geweckt. Sogar sein Unmut über die Zwangsreise in seine verhasste Heimat verblasste für einige wenige Augenblicke.

Titus A. Jesper war tatsächlich so etwas wie eine Berühmtheit. Er war eifriger Student und Doktorand der Miskatonic University und wurde bereits während seines Studiums mit Auszeichnungen und Lobpreisungen überhäuft. Alex staunte. Jesper war schnell zu einer Kapazität der alten und orientalischen Philologien geworden. Legendär waren die umfassenden und beinahe unglaublichen Sprachkenntnisse des schon bald als Professor tätigen Jesper. Man sagte ihm nach, über 20 Sprachen verstehen und lesen zu können und mindestens ein Viertel davon fließend beherrscht zu haben. Dabei habe er sich alten und längst ausgestorbenen Sprachen mit übermäßiger Hingabe gewidmet. Alex kratzte sich am Kopf. 20 Sprachen. In diesem Moment war es sich nicht einmal sicher, ob er in der Lage wäre, so viele Sprachen aufzuzählen. Oft hatte er von Savants gelesen, die in der Lage waren, auch komplexeste linguistische Sachverhalte innerhalb kürzester Zeit zu begreifen und anwenden zu können, doch Jesper war kein nach heutigen Maßstäben kranker Mensch, sondern der Inbegriff des Genies.

Wenn man sich im Amerika des anbrechenden 20. Jahrhunderts mit Philologie auseinandersetzte, las man zwangsläufig von Professor Titus A. Jesper, saß in seinen Vorlesungen oder wartete auf vergriffene Exemplare seiner Publikationen.

Dann verschwand Jesper. Das erste Mal.

Der Lebenslauf, der bis 1915 reichhaltig und detailliert den Werdegang eine Genies schilderte, lichtete sich schlagartig. Den wenigen, spärlichen Informationen entnahm Alex, dass

Jesper überraschend emeritierte und dann verschwand. Nur anhand von Bank- und Fiskalunterlagen war es Autumn überhaupt gelungen herauszufinden, dass er mit einem kleinen Antiquariat im ruhigen Newburyport seinen Lebensunterhalt verdiente. Aus ihren Notizen entnahm Alex auch, dass der Laden des ehemaligen Professors nicht im Ansatz kostendeckend arbeitete und er von seinem Ruhegehalt ohne weiteres seinen Lebensabend hätte finanzieren können.

Darüber hinaus gab es nicht mehr viele Informationen zu der – und das musste Alex wirklich gestehen – interessanten Persönlichkeit des ehemaliges Professors und Buchhändlers. Alex orderte einen weiteren Whiskey und blätterte inzwischen wieder ein wenig gelangweilt in den übrigen Unterlagen. Erst jetzt bemerkte er, wie die Müdigkeit an ihm zu nagen begann. Er durfte jetzt nicht einschlafen. Allein bei dem Gedanken an die Schreckensvisionen seiner Träume verkrampfte sich sein Magen.

Das am Ende des Passagierraumes angebrachte Display zeigte an, dass die Maschine mit nur wenigen Minuten Verspätung in Boston landen würde. Alex musste demnach nur noch eine Dreiviertelstunde dem Schlaf entsagen. Der Tumult im Flughafen würde seine Müdigkeit nach der Ankunft rasch vertreiben.

Dann schlief er ein.

Übernächtigt und genervt holte Alex im Boston Logan International Airport sein weniges Gepäck und machte sich auf den Weg zum Bahnhof, dem zentralen Knotenpunkt für Reisen in das alte Neuengland. Innerlich verfluchte er den Verlag dafür, nicht einmal einen Anschlussflug für ihn bezahlen zu wollen. Wenigstens musste er nicht mit dem Auto durch die sich endlos abwechselnden Wälder und Dörfer fahren, sondern konnte im Bordrestaurant dünnen Kaffee trinken und eventuell ein wenig dösen. Die Waage zwischen seiner Furcht und seiner Müdigkeit kippte mit jeder Stunde, die diese sinnlose Reise andauerte, in Richtung der Müdigkeit. Bald würde er sich nicht mehr dagegen wehren können und einfach einschlafen. Wenn er das Geld nicht so dringend gebraucht hätte, um sich wenigstens bis zu seinem nächsten, zumindest für seine Verhältnisse, großen Wurf über Wasser zu halten, hätte er Autumn die Meinung gesagt und ein paar Tage Urlaub im Landesinneren gemacht. Weit weg vom Meer. Der Edward Lawrence Logan International Airport gehörte zu den zwanzig größten Flughäfen der Vereinigten Staaten und verfügte wie viele Passagierflughäfen dieser Größenordnung über einen eigenen Bahnhof. So musste sich Alex zum Glück nicht auch noch mit dem innerstätischen Verkehr herumärgern, um die Southstation zu erreichen, sondern konnte nach den normalen Formalitäten eines Inlandsfluges direkt in den blau silbernen AmTrak-Zug einsteigen. Der Flug hatte Alex wirklich fertiggemacht.

Natürlich gab es für ihn keine Sitzplatzreservierung. Dies traf jedoch auf zahlreiche andere Fahrgäste auch zu, so dass es beinahe zu Ausschreitungen unter den Reisenden kam, als sie sich um die wenigen nicht reservierten Sitzplätze zu streiten begannen. Resigniert ließ sich Alex einfach in den nächstbesten Sitz fallen. Sollte jemand Ansprüche darauf erheben, würde er sich mit ihm auseinandersetzen. Züge waren die Hölle. Vor seinem geistigen Auge sah er bereits das Cover eines neuen Bestsellers vor sich, auf dem der zu einem zähnefletschenden Maul geformte Zugwagen eines AmTrak seine Fahrgäste fraß.

Zwei Stunden später spähte Alex wieder gedankenverloren aus dem Fenster. Die Geschichte von einem labilen Schriftsteller, der in einem Zug zum Massenmörder wird, weil sein Verlag zu geizig ist, den Flug zu bezahlen, kam ihm in den Sinn Kurz konnte Alex sich ein Schmunzeln nicht verkneifen und für ein paar Minuten verflog sogar seine Müdigkeit, wich einer sehr guten Laune, als eine attraktive, dunkelhaarige Frau ohne Ehering ihm gegenüber Platz nahm.

Alex ließ sich vom Steward Champagner bringen und verwickelte die Dame mit höchster Redegewandtheit in ein Gespräch.

„Ja, der berühmte Schriftsteller", schloss Alex die Vorstellung seiner Person ab und hielt ihrem neugierigen Blick stand.

„Das ist ja unglaublich." Ihre Begeisterung war ehrlich. „Ich habe einige geschäftliche Termine in Arkham. Vielleicht laden sie mich ja noch einmal auf einen Drink ein, wenn sie auf dem Rückweg sind?"

Der Blick, der dieser Aufforderung folgte, war die perfekte Mischung aus Unschuld, Verführung, Verlangen und Überlegenheit. Alex schmolz augenblicklich dahin. Seine Augen klebten voller Erwartung auf das nächste unmoralische Detail an ihren Lippen.

„Ihre Fahrkarte bitte." Die herbe, männliche Stimme wollte nicht so recht zu dem feinen Gesichtszügen passen und das verwirrte Alex einen Moment – bis er erkannte, was geschehen war. Eine Woge aus Scham und Ärger erfasste ihn. Genervt nestelte er die Fahrkarte aus der Innentasche seines Jackets und hoffte, dass der Zugbegleiter nicht bemerkt hatte, dass Alex gerade einem höchst angenehmen Tagtraum zum Opfer gefallen war.

Natürlich saß ihm gegenüber keine hübsche Frau. Und selbst, wenn das der Fall wäre, würde sie sich nicht für ihn interessieren. Diese Zeiten waren lange vorbei.

Eine Weile schaute er einfach aus dem Fenster und sah sich die vorbeiziehenden Wälder an. Hin und wieder wurde das ansonsten vorherrschende Grün durch ein kleines Gewässer – einen kleinen See oder einen der vielen Ausläufer des Miskatonic – unterbrochen. Die Sonne bereitete sich langsam darauf vor, aus ihrem Zenit langsam wieder herab zu steigen und hinter dem Horizont zu verschwinden. Bald schon würde sie das Feld für die Dunkelheit räumen, für seine Müdigkeit, den schweren Schlaf, der einfach irgendwann über ihn kommen und die Träume, die er mit sich bringen würde.

Das Knistern der Gegensprechanlage brachte Alex von seinen düsteren Gedanken ab. Doch das, was die durch die Übertragung verzerrte Stimme verkündete, erweckte seinen Unmut sofort wieder zum Leben. Nachdem die Schlagworte "Beschädigung", "Triebwagen" und "ersatzlos gestrichen" gefallen waren, verzichtete Alex darauf, weiter zuzuhören und schrieb Autumn eine SMS, in der er sie über die unvorhergesehene Verzögerung informierte. Mehrere Anläufe später hatte er einen Text verfasst, der zwischen den Zeilen genau das Maß an Unmut ausdrückte, dass Alex im Moment verspürte. Es dauerte keine zwei Minuten, bis sie ihm mitteilte, dass am nächsten Bahnhof, der Ipswich Union Station, ein Mietwagen für ihn bereitgestellt werden würde. Alex antwortete nicht und steckte das Smartphone wieder in die Tasche.

Viel schlimmer konnte es nicht mehr werden.

Eine erneute Durchsage verkündete, dass der Zug aufgrund der Beschädigung nur noch mit einem Bruchteil der eigentlichen Reisegeschwindigkeit weiterfahren konnte und es noch Stunden dauern konnte, bis sie Ipswich erreichen würden.

„Da haben die Ingenieure bei der Wartung wohl geträumt", bemerkte ein Zugbegleiter beiläufig, als Alex' Fahrkarte ein weiteres Mal kontrolliert wurde und dieser sich danach erkundigte, wie es denn zu so einem Vorfall kommen könnte. Selbstverständlich wusste er, dass diese Information nichts, wirklich rein gar nichts an dem Umstand ändern würde, dass er seine Reise mit dem Auto fortsetzen musste, und dass es noch Stunden dauern würde, bis er genau das tun konnte.

Mit einem mehr gebrummten als gesprochenen Wort des Dankes beendete Alex die Konversation mit dem Zugbegleiter und fixierte das silberne AmTrak-Logo auf dem Rücken seines Hemdes, während der Zugbegleiter sich entfernte.

Bis sie Ipswich erreichten, vergingen noch mehrere Stunden, sodass es mitten in der Nacht war. Alex befürchtete bereits, dass er um diese Uhrzeit keinen Mietwagen mehr bekommen würde, denn im Grunde war Ipswich nichts anderes, als eine Handvoll Häuser, die um den Bahnhof herum errichtet worden waren. Warum sollte eine landesweit agierende Autovermietung hier rund um die Uhr einen Schalter unterhalten.

Als er den Schalter neben einer Starbucks-Filiale entdeckte – und anhand des offenen und freundlich erleuchteten Eingangsbereiches und des in einen grünen Anzug gekleideten Mannes hinter einem Tresen geschlussfolgert hatte, dass diese noch geöffnet war – beschloss er, seine Vorurteile gegenüber Kleinstädten und Großunternehmen für einen Moment beiseite zu schieben.

Die Übergabe des Mietwagens verlief wider Erwarten sehr reibungslos, so dass Alex mit dem hässlichen roten Fahrzeug und einem Navigationssystem, dass seine Nerven sehr belastete, bereits wenige Minuten nach der Ankunft des Zuges auf dem Weg zur Route 95 und damit in Richtung Newburyport war. Durch Zufall war ein lokaler Jazz-Sender im Radio voreingestellt. Sollte es jetzt etwa doch noch bergauf gehen? Zuversichtlich und zu den Klängen von Armstrongs „La vie en rose" verließ Alex die Lichter der Stadt und fuhr der Dunkelheit der neuenglischen Provinz entgegen.

„Unerschrocken stürzte sich der Held dem tragischen Finale einer Geschichte entgegen, die von Anfang an zum Scheitern verurteilt war", formulierte Alex im Kopf die Einleitung für dieses Kapitel seiner Reise.

Bereits nach den ersten fünfzig Meilen hatte er jedwede Wahrnehmung für die Idylle, die sich abseits der Straße erstreckte, verloren. Stattdessen umgab ihn die düstere Monotonie des Waldes. Auch der Empfang einer Radiostation war nicht mehr möglich. So blieb Alex nichts weiter als die stumpfe Fahrt auf der schnurgeraden Straße ohne auch nur den leisesten Ansatz einer Kurve.

Seine Augen brannten in Ermangelung von Abwechslung. Kurz schloss er sie, um ihnen ein wenig Ruhe zu gönnen und sie zu entspannen.

Zu lange, als das er die Gestalt hätte rechtzeitig erkennen können. Intuitiv bremste Alex, verlor auf der nassen Straße jedoch die Kontrolle über das Fahrzeug, so dass das Heck ausbrach und das Auto sich drehte. Entgegen der Fahrtrichtung kam er schließlich zum Stehen.

Aufgepeitscht durch das Adrenalin, dass seine Adern flutete, schlug Alex so heftig auf das Lenkrad, dass er die Hupe mit seinem Hieb betätigte. Der daraus resultierende Schreck holte ihn schnell in die Realität zurück. Schnaufend saß er im Wagen und versuchte sein rasendes Herz ein wenig zu beruhigen. Komplizierter als notwendig wendete er das Auto, wollte seine Strecke fortsetzen. Da ein Aufprall ausgeblieben war und auch in seiner unmittelbaren Nähe in der Dunkelheit und dem Regen nichts zu erkennen war, ging er davon aus, dass sich das Wildtier, dass er beinahe angefahren hätte, in die Wälder zurückgezogen hatte. Nicht, dass es ihn interessierte.

Mit einem Stottern kam der Wagen zum Stehen. Keine der zahlreichen Warnleuchten lieferten Alex auch nur im Ansatz einen Hinweis dafür, warum der Motor sich nicht mehr rührte. Auch die Tanknadel zeigte an, dass noch etwas weniger als die Hälfte seines Kraftstoffvorrats vorhanden war. Kopfschüttelnd versuchte er, das Fahrzeug erneut zu starten, stellte jedoch schnell fest, dass es ihm nicht einmal mehr gelang, den Motor wieder ans Laufen zu bringen.

Mit etwas Mühe fand er den Hebel zum Öffnen der Motorhaube. Mit dem charakteristischen "Klack" schwang sie ein Stück weit auf. Alex atmete dreimal tief durch, öffnete die Tür und stieg aus. Der Regen ergoss sich so heftig vom Himmel, dass es ihm schwer fiel, sich überhaupt aufrecht zu bewegen. Mit heftigen Böen zerrte der Wind an seiner Kleidung. Es war kalt. Sehr kalt.

Nun stand er vor der offenen Motorhaube und blickte in den durch eine einzelne LED erleuchteten Motorraum. Und er erkannte nichts. Das letzte Mal hatte er als Junge seinem Freund Philipp dabei zugesehen, wie dieser den 20 Jahre alten Kastenwagen seines Vaters repariert hatte. Alex selbst hatte nicht den Hauch einer Ahnung von dem, was er jetzt tun musste. Der Motor selbst war vollständig in schwarzes Plastik verkleidet, so dass ihm auf Anhieb nichts Besseres einfiel, als an den wenigen Kabeln und Steckverbindungen, die freilagen zu wackeln und zu ziehen. Völlig ergebnislos. Selbstverständlich.

Genervt schlug er die Motorhaube zu und flüchtete vor dem immer stärker werdenden Sturm zurück in das jetzt sehr einladende Innere des Autos.

Nachdem er sich das Wasser aus dem Gesicht gewischt hatte, musste er über seine Naivität lachen. War er wirklich davon ausgegangen, dass er als Laie das Auto wieder in Gang setzen konnte? Deprimiert nahm er den letzten, inzwischen erkalteten Schluck aus dem überdimensionierten Kaffeebecher in der Mittelkonsole.

"Die Kannibalen Neuenglands" wäre ein ausgezeichneter Titel für ein Buch. Allerdings stellte sich die Frage, ob es sich bei den Kannibalen um eine Gruppe isolierter Menschen handelte, die durch die nächtlichen Wälder streiften und auf liegengebliebene Städter warteten, oder ob er selbst – in Ermangelung einer Möglichkeit jemals wieder in die Zivilisation zurückzukehren – degenerieren und verwildern würde. Der Verlag würde von ihm verlangen, die Werke in einer Reihe von mindestens drei Bänden zu verfassen.

Gedankenverloren spielte er an den Knöpfen des Navigationssystems, das im Zentrum der Mittelkonsole prangte und dessen beinahe stoische Stimme ihn – wiederholt – darauf hinwies, dass er nicht angeschnallt sei.

Zu allem Überfluss war das Gerät nicht nur altklug, sondern auch unwissend und zeigte nichts weiter an als die gelbe Linie der Landstraße mit einer grünen Fläche auf der einen Seite und einer blauen auf der anderen. Selbst auf der höchsten Zoomstufe – Alex war der Meinung, beinahe ganz Nordamerika überblicken zu müssen – war auf dem Display nichts weiter zu erkennen, als die beiden farbigen Flächen, die an der gelben Linie aufeinander trafen. Um ihn herum war es ruhig. Eine sonderbare Ruhe, die von der monotonen Geräuschkulisse des prasselnden Regens auf dem Wagendach und der einem Metronom gleichen, rhythmischen Arbeitsbekundung der Scheibenwischer untermalt wurde. Über diese Symphonie der Nebengeräusche legte sich das statische Rauschen des Radios wie ein akustisches Leichentuch. Den letzten Sender hatte er vor mehreren Stunden empfangen und hatte sich seitdem mit den immer schwächer werdenden Klängen eben dieser Popmusik aus dem Radio, die Alex sonst eigentlich verabscheute, begnügen müssen. Doch hier, irgendwo zwischen Boston und Arkham, eingepfercht zwischen den neuenglischen Wäldern aus Ahorn, vereinzelten Hemlock-Tannen, Buchen und dem verhassten Ozean, der am Ende der schroffen Felsenklippe mit stoischer Gleichmäßigkeit gegen das Land peitschte, war während seiner nächtlichen Reise diese Musik das letzte Zeichen von Zivilisation. Und ihr Verschwinden im weißen Rauschen des Äthers stellte in seinen Augen eine deutliche Analogie zu seiner Befürchtung dar, im neuenglischen Morast zu versinken. Und so ließ er das Radio eingeschaltet und beschränkte sich darauf, den Regler für die Senderauswahl einmal vom linken zum rechten Anschlag zu drehen.

Nichts. Bis auf diese Stimme.

"... hat *er* uns die Aufgabe überantwortet, die Reinheit zu beschützen ..."

Dann wieder nichts. Hastig drehte Alex den Regler wieder zurück, doch die Stimme war im weißen Rauschen versunken.

Die Scheinwerfer des stehenden Autos schnitten durch Nacht und Regen, wurden dann aber schon bald von der Dunkelheit verschlungen. Genervt begann Alex das Handschuhfach des Mietwagens nach einer Straßenkarte zu durchsuchen, fand aber außer einigen Prospekten der Vermietungsagentur nichts, das ihm weiterhalf. Während er noch mit einer Hand in den Unterlagen wühlte, zog er mit der anderen sein Smartphone aus dem Jackett, schmiss es jedoch nach einem Blick auf das Display auf den Sitz. Kein Netz. Autumn hatte Glück, dass er hier mitten im Nirgendwo gestrandet war und nicht die Möglichkeit hatte, sie anzurufen und ihr die Meinung zu sagen. Fluchend öffnete Alex die Tür, hielt kurz inne, um den Kragen seines Jacketts notdürftig hochzuschlagen und stieg aus dem Auto. Der starke Regen durchnässte ihn sofort bis auf die Knochen, doch die kühle, feuchtigkeitsgeschwängerte Nachtluft tat ihm gut. Alex atmete ein paar Mal tief ein und ging dann, die Hände tief in den Taschen vergraben, bis zu dem Punkt auf der Straße, an dem die Kegel der Scheinwerfer in der Nacht versickerten. Dabei achtete er peinlich genau darauf, dem Abgrund zu seiner Rechten nicht näher zu kommen als nötig. Selbst die tiefschwarze, aufgewühlte Oberfläche des Meeres, die sich nur durch Reflexionen des Mondlichtes zu offenbaren schien, würde ausreichen, um ihn die Flucht ergreifen zu lassen.

Angestrengt schirmte Alex seine Augen mit den Händen ab und versank auf der Suche nach einem Ausweg aus seiner misslichen Lage in der Dunkelheit, doch bis auf den kaum erkennbaren Kegel eines entfernten Leuchtturmes konnte er nichts entdecken. Für einen Moment erwog Alex die Möglichkeit, einfach ein paar Stunden im Auto zu schlafen und sich bei Tageslicht auf den Weg zu machen, doch das Toben der Wellen an der Küste erfüllte ihn mit einem derartig starken Unbehagen, dass er diesen Gedanken sofort wieder verwarf. Lieber würde er sich durch den Regen kämpfen, sich eine schwere Erkältung einfangen und Stunden später bei einem verlassenen Leuchtturm ankommen. Allein die Gewissheit, nicht tatenlos zu sein, erfüllte ihn mit einer dezenten Zuversicht. Alex verschloss das Auto, nachdem er seine Tasche vom Beifahrersitz und einen Mantel aus dem Koffer gewühlt hatte und machte sich auf den Weg die Straße entlang, dem rotierenden Lichtkegel des Leuchtturms entgegen. Im Geiste beschloss er, dieses klassische Szenario, also die vom fahlen Mondlicht und dem peitschenden Regen geprägte Straße als Rahmenhandlung für einen neuen Roman zu verwenden. Schockieren würde das zwar heutzutage niemanden mehr, aber es würde bestimmt viel Spaß machen, den Protagonisten eben die Misere erdulden zu lassen, die Alex gerade selbst durchlebte.

Etwa zwei Stunden Fußmarsch später hatte Alex das Auto bereits weit hinter sich gelassen und zwei ausführliche Küstenauswüchse umrundet, so dass er auch den Leuchtturm von seiner Position nicht sehen konnte. Einige Schritte später erreichte er eine kleine Nebenstraße, die von der alten Interstate 1 in Richtung Küste abging und etwas bergab und anschließend um eine Ansammlung größerer Felsen herumführte. Zumindest vermutete er, eben dies im schwachen Licht des Mondes erkennen zu können. Die Aussichten, auf der Bundesstraße zeitnah einen Ort zu erreichen, der ihm eine Unterkunft für die Nacht bot oder von dem aus er zumindest die Möglichkeit hatte, einen Abschleppwagen anzufordern, schienen verschwindend gering. Die Landzungen, die an dieser Stelle ins Meer ragten, waren niemals besonders weitläufig, so dass er bereits nach einigen Meilen ein Ziel erreichen würde. Ob es sich dabei um eine kleine Stadt, eine Fabrik oder vielleicht einen Stützpunkt der Küstenwache handelte, war ihm zu diesem Zeitpunkt gleichgültig.

Ein wenig motivierter als vorher – der Regen war zu einem leichten Nieseln geworden – wanderte er zügigen Schrittes die erheblich kleinere, aber erstaunlich gut gepflegte Straße in Richtung Küste entlang. Die Felsanordnung, die er aus einiger Entfernung bereits entdeckt hatte, stellte sich aus unmittelbarer Nähe als erheblich größer heraus, als er noch auf der Bundesstraße angenommen hatte. Die Seitenstraße wand sich um die Felsbrocken herum und offenbarte den Blick auf eine kleine Ansammlung von ein- und zweigeschossigen Häusern, die eine von Laternen erleuchtete Hauptstraße säumten. Die Hauptstraße wiederum mündete in den kleinen Vorplatz eines anhand des Turmes am ehesten als Kirche zu identifizierenden Gebäudes von äußerst kompakter Bauweise.

Ein letztes Mal kontrollierte er das Display seines Smartphones und stellte missmutig fest, dass ihm auch hier noch immer kein Mobilfunknetz zur Verfügung stand. Nicht viel später stand er vor dem verwitterten Ortsschild.

4. Whitecoast, Massachusetts, Pop. 3.497

Diesen Namen hatte er noch nie gehört oder gelesen. Alex musste sich überwinden, weiterzugehen, denn dieses kleine Städtchen stand für all das, was er sich über die Jahrzehnte hinweg mühevoll an Vorurteilen gegenüber der Küste und ihren Bewohnern aufgebaut hatte. Es widerte ihn regelrecht an, dass ihm in seiner Situation keine andere Wahl blieb, als genau an einem jener Orte Unterschlupf zu suchen, die er so sehr verabscheute.

Langsam ging er die Straße hinab und bewegte sich zielstrebig durch die ansonsten menschenleeren Straßen auf eines von zwei Gebäuden mit erleuchteten Fenstern zu. Die an der Fassade angebrachten Leuchtstoffröhren kennzeichneten sein Ziel als "Seaside House", offenbar ein Hotel, während das andere aufgrund der Bauweise eines dieser klassischen 24-Stunden-Diners sein musste, dass tatsächlich noch geöffnet hatte. Dieser Umstand verwunderte Alex aufgrund der geringen Größe der Stadt sehr. Das just in diesem Moment aufkommende Hungergefühl kämpfte der Schriftsteller rasch nieder und entschied sich stattdessen für ein Bett und eine Packung Erdnüsse sowie ein Bier aus der Minibar. Sofern es denn eine gab. Am nächsten Tag würde er eine Werkstatt aufsuchen, sein Auto abschleppen und reparieren lassen. Und dann würde er zusehen, dass er aus dieser verlassenen Gegend wegkam, seine Arbeit machte und Autumn am Ende der Woche ein Manuskript auf den Tisch legte. Niemals wieder würde er sich auf derartige Abenteuer einlassen. Dazu war er einfach zu alt.

Im Fenster des mit weißen, ordentlich gestrichenen Brettern verkleideten Doppelstockhauses, in dem das Hotel untergebracht war, flackerte eine weitere Leuchtstoffröhre nervös vor sich hin. "Zimmer frei" offerierte sie mit ihrem unsteten Summen und stellte auf diese Weise bereits den ersten

Grund dar, den Alex vorgeschoben hätte, eine andere Unterkunft zu suchen. Zumindest, wenn es Alternativen gegeben hätte. Durch das Fenster konnte er bereits einen übergewichtigen Portier erkennen, der gelangweilt auf einen dieser kleinen Reisefernseher starrte. Das obligatorische Glöckchen kündigte Alex als potenziellen Gast zwar an, doch der Portier, dessen Uniformjacke auf dem Tresen herumlag, machte keine Anstalten, sein abendliches Fernsehprogramm zu unterbrechen. Das Hotel selbst machte im Gegensatz zu dem Teil des Personals, das Alex bis jetzt kennengelernt hatte, einen sauberen, beinahe gemütlichen Eindruck. Die Wände des Eingangsbereiches waren cremefarben und weiß und wurden alle paar Meter von einem Leuchter gesäumt, dessen warmes Licht eine wohlige Atmosphäre schuf. Die Fliesen – erst beim zweiten Hinsehen entdeckte Alex das liebevoll gestaltete Mosaik, das Fischer auf hoher See zeigte – waren sauber und in einem erheblich besserem Zustand, als die Abgeschiedenheit der Stadt es hätte vermuten lassen. Etwas abseits des Tresens waren einige bequem aussehende Stühle um einen kleinen Tisch angeordnet, hinter dem in einem dezenten Kamin ein Feuer prasselte.

"Entschuldigung", kündige Alex sich an, doch der Portier bedachte ihn nur mit einer sonderbaren Handbewegung und etwas, das man am ehesten als Knurren bezeichnen konnte.

Es war dem durch den Regen bis auf die Knochen durchnässten und frierenden Schriftsteller ein Rätsel, wie man auf der einen Seite ein so ordentliches und stilvolles Ambiente schaffen – sogar frisch geschnittene Blumen standen in schlichten Vasen auf dem Tresen – und auf der anderen Seite so wenig Wert auf die Auswahl des Personals legen konnte.

"Entschuldigen Sie", begann er erneut das Gespräch.

Wieder machte der fettleibige Mann nicht den geringsten Eindruck, als wolle er sich um das Anliegen seines Gastes kümmern.

Alex wollte gerade mit einer Kanonade aus Kritik den miserablen Service des Hauses angehen, als sein Gegenüber ihn plötzlich aus strahlend blauen Augen heraus anblickte, ein ernst gemeintes Lächeln aufsetzte und mit einem merkwürdigen, selbst für diese Gegend ungewöhnlichen Akzent zu sprechen begann.

"Herzlich willkommen im Seaside House. Mein Name ist Dalen Whesker und ich bin Ihr Nachtportier." Dalens Stimme war viel zu hoch für seine massive Gestalt und der Akzent verunsicherte Alex noch zusätzlich. Die Freundlichkeit, die mit den Worten des Portiers durch den Raum zu schwingen schien, war jedoch echt und erinnerte in keiner Weise an diese künstliche Servicesprache, wie man sie aus den Hotels der großen Ketten gewohnt war.

"Sie müssen verzeihen, aber ich habe bis jetzt noch keine Folge dieser Serie verpasst." Sein Lächeln zerfloss für einen Augenblick zu einem Grinsen.

"Mein Name ist Alex Wright und ich bin ...", kurz suchte er nach dem richtigen Wort "... hier gestrandet." Er zwang sich zu einem Lächeln, in der Hoffnung, die irritierte Unsicherheit, die sich schlagartig in den Zügen des Portiers abzeichnete, ein wenig entschärfen zu können. "Mein Auto ist einige Meilen südlich auf der Bundesstraße liegengeblieben", fügte er erklärend hinzu, als er bemerkte, dass Dalen scheinbar die Analogie zum Schiffbruch nicht verstanden hatte.

"Und das bei diesem Wetter? Das ist ja wie in einem dieser schlechten Horrorromane." Der Portier lachte so heftig über seinen eigenen Witz, dass er sich den riesigen Bauch halten musste. Alex hingegen nötigte sich selbst ebenfalls dazu, einen Moment ein Lachen zu imitieren, stellte allerdings schnell fest, dass Dalens Äußerung ihn an einer empfindlichen Stelle getroffen hatte.

"Passen Sie auf, Mister Wright, ich bereite Ihnen eine Tasse von meinem Spezialkaffee zu", er klopfte mit einem Flachmann auf den Tresen und verzog das Gesicht zu einem verschwörerischen Lächeln, "und Sie füllen derweil das Formular aus. Etwas von Grandmas Eintopf ist bestimmt auch noch übrig." Mit diesen Worten erhob sich Dalen hinter dem Tresen und Alex musste feststellen, dass der Portier zusätzlich zu seiner immensen Körperfülle mit einer unbeschreiblichen Größe gesegnet war. Dalen schien die Verwunderung des Schriftstellers nicht zu bemerken, fuhr sich mit der Pranke über den rasierten Schädel und ließ Alex mit seinem erschütterten Weltbild allein.

Kurz darauf kehrte er mit einer großen Tasse mit dampfendem Inhalt zurück. Während Alex ihm das Getränk dankbar abnahm, überflog der überraschend freundliche Portier das Formular und legte es nickend in einen Ablagekorb hinter sich.

"Morgen nach dem Frühstück rufe ich Danny für Sie an. Ihm gehört die Werkstatt und er hat auch einen Abschleppwagen. Ein uraltes Ding, das allein bereits einen Besuch in seiner Werkstatt wert ist." Dalen lachte herzhaft und einen Augenblick später stimmte Alex animiert durch die ehrliche gute Laune seines Gegenübers mit ein. Jetzt, mit dem Kaffee in der Hand und mit einem Dach über dem Kopf besserte sich auch seine Laune immer weiter.

"Vielleicht bleibe ich ein paar Tage und schaue mir die Stadt an", hörte Alex sich mehr aus Höflichkeit und als Kompliment sagen, als es wirklich ernst zu meinen.

Plötzlich verstummte das Lachen des hünenhaften Portiers und seine Miene verfinsterte sich.

"Das ist leider nicht möglich", entgegnete er in einem sonoren Bariton.

Alex taxierte Dalen und versuchte herauszufinden, was zu der plötzlichen Wandlung der Stimmung führte. Seine Neugier war geweckt und vertrieb die bis zu diesem Moment vorherrschende Müdigkeit.

"Das ist nicht möglich?", erkundigte sich Alex, nahm einen Schluck aus der Tasse und versuchte in dem bitteren Geschmack zu ergründen, womit Dalen den Kaffee verfeinert hatte.

Dalen schüttelte den Kopf. "Nein, das ist nicht möglich. Sie sind hier willkommen, solange, bis Danny Ihr Auto repariert hat, aber keinen Tag länger." Nach diesen Worten legte sich eine unbehagliche Ruhe über den Raum und Alex stellte fest, dass jegliche Freundlichkeit aus den Zügen und der Stimme des Portiers verschwunden war.

"Besteht die Möglichkeit, dass ich noch kurz Ihr Telefon benutze, bevor ich aufs Zimmer gehe? Leider habe ich hier keinen Empfang", versuchte Alex die Wogen zu glätten, indem er das Thema wechselte, während er sein Handy aus der Tasche zog und wie zum Beweis seinem Gesprächspartner das Display des Telefons zeigte.

Das Gesicht des Portiers wandelte sich zu einer mitleidigen, beinahe traurigen Miene und er begann den Kopf kaum merklich zu schütteln. "Es ist zu dunkel, aber bei Tag werden Sie sehen, dass die Telefonleitung und die Masten bei dem schweren Sturm Anfang der Woche durch einen entwurzelten Baum beschädigt wurden." Dalen legte die Stirn in gewaltige Falten der Nachdenklichkeit. "Bis die Telefongesellschaft den Schaden behoben hat, sind die Funkgeräte der Fischer die einzige Möglichkeit, mit der Außenwelt in Kontakt zu bleiben." Dann deutete er auf das Handy. "Die Dinger haben hier noch nie funktioniert."

Ein wenig ernüchtert durch diese massive Einschränkung ließ sich Alex von Dalen die Tasse ein weiteres Mal mit

Kaffee füllen und stieg dann die hölzerne Treppe hinauf in das Obergeschoss des Hotels. Zwar hatte der Portier ihm seine Hilfe mit dem Gepäck angeboten, aber aufgrund der Tatsache, dass Alex nichts weiter dabei hatte als seine lederne Tasche, lehnte er dieses Angebot dankend ab. Das obere Stockwerk des Gebäudes befand sich ebenfalls in einem tadellosen Zustand. An den Wänden des Flures hingen schlichte, aber durchaus geschmackvolle Gemälde, die beinahe ausnahmslos Szenen aus der Fischerei des vorherigen Jahrhunderts zeigten. Mehr als einmal ertappte sich Alex dabei, wie er vor einem Bild stehen blieb und die detaillierte Darstellung betrachtete. Dabei fiel ihm auf, dass die Werke alle aus der Hand eines M. Whesker stammten. Vermutlich ein Vorfahre des Portiers. Am Ende des Ganges befand sich das Zimmer, das der Portier für Alex ausgesucht hatte, nachdem dieser mehrmals ausdrücklich darum gebeten hatte, keine Unterkunft mit Meerblick zu bekommen, die Dalen zuvor sehr ambitioniert angepriesen hatte. Im weiteren Gespräch hatte Alex herausgefunden, dass er aufgrund der Nebensaison und des anhaltenden schlechten Wetters momentan der einzige Gast im Seaside House war. Früher seien noch in der Nebensaison regelmäßig Touristen in die Stadt gekommen, hatten den kleinen Hafen besichtigt und Touren zu den vielen Archipelen vor der Küste unternommen. Doch inzwischen, so Dalen gleichermaßen betrübt wie auch auf eine gewisse Art und Weise erleichtert, sei es sehr ruhig geworden.

Das Zimmer war zwar klein, aber ordentlich eingerichtet und ebenso sauber wie das restliche Hotel. Das Fenster wies zur Hauptstraße von Whitecoast, so dass durch den Schein der brennenden Straßenbeleuchtung das Einschalten der Lampe im Zimmer nicht notwendig war. Einen Moment schaute Alex aus dem Fenster auf die schlafende Stadt und nippte von Zeit zu Zeit an dem Kaffee, entschloss sich dann jedoch, nach einer heißen Dusche die nächtliche Ruhe zu nutzen und die Gemälde im Flur ausführlich in Augenschein zu nehmen. Es war nicht so, dass er sich als Kunstliebhaber oder -kenner bezeichnete, doch bereits im Vorbeigehen war ihm aufgefallen – nein, das war das falsche Wort – hatte er unterbewusst wahrgenommen, dass Whesker mit seinen Gemälden eine Geschichte erzählte. Am Ende war das die Intention aller Künstler, doch diese Bilder waren so lebhaft, so natürlich, dass sie mehr wirkten wie eine Dokumentation der Zeit. Oder eines Ereignisses. Es war, als könne der Rahmen die Geschichte, die jedes der durch Wind und Wetter gegerbten Gesichter zu erzählen schien, nicht aufhalten. Gemächlich und inzwischen ohne jedes Anzeichen von Müdigkeit wanderte er den Gang entlang, als befände er sich in einem Museum. Kurz dachte er darüber nach, sich von Dalen noch eine Tasse Kaffee einschenken zu lassen, wollte aber nicht riskieren, dass, sofern das Gespräch auf die Bilder kam, plötzlich erneut jede Gastfreundschaft in kalte Feindseligkeit umschwang.

Auf allen Bildern konnte man Whitecoast sehen, entweder als zentrales Ambiente oder am Rande. Erkennen konnte man es an den markanten Umrissen der Kirche, die auf einigen Bildern noch das charakteristische Kreuz auf der Spitze des Turmes trug. Noch präsenter jedoch waren die Fischer. Die Fischerei war das allgegenwärtige Motiv in jedem einzelnen Gemälde. Auf den frühen Bildern erkannte man deutlich die Verzweiflung in den Gesichtern der Fischer darüber, wenn sie leere Netze und Reusen einholten. Spätere Werke zeigten dieselben Fischer, diesmal jedoch mit einem reichhaltigen Fang. Bei diesen Bildern entdeckte er zwischen den Netzen und Booten im Wasser sonderbare Hände oder Klauen, welche die Fische in die Netze zu treiben schienen. Dieser offenkundige Ausdruck eines primitiven Aberglaubens fehlte in den ersten Bildern, war aber für diese Periode nichts Besonderes.

Mit der Kamera seines Handys fotografierte Alex die einzelnen Motive, sehr bedacht darauf, keines auszulassen. Genau so, wie es Städtchen wie Whitecoast an der ganzen Küste gab, gab es Bilder von Fischern in diesen Städten. Doch diese Bilder waren auf eine Weise, die er noch nicht ganz formulieren konnte, anders. Tiefer. Und auch beängstigender.

Zurück in seinem Zimmer lud er die Bilder auf seinen Laptop und legte sich mit der halbherzig gefassten Absicht aufs Bett, ein paar Stunden zu schlafen. Sonderbarerweise war die Furcht vor den Träumen, die ihn heimsuchen würden, nicht mehr in der Lage, ihn davon abzuhalten, sich ein wenig auszuruhen. Dazu verlangte sein Körper nach nunmehr über einem Tag ohne Schlaf danach, sich zu regenerieren. Die lange Wanderung durch den Regen und die spezielle Zutat im Kaffee des Portiers hatten ihr Übriges dazu beigetragen. Er starrte an die Zimmerdecke. Die Träume würden kommen. So oder so, doch vielleicht gelang es ihm wenigstens etwas Ruhe zu finden. Mit der daraus resultierenden Furcht konnte er sich am nächsten Tag noch auseinandersetzen. Alex war schlicht und einfach am Ende seiner Kräfte.

Ein dumpfes regelmäßiges Brummen riss Alex aus dem Schlaf. Etwas irritiert darüber, ob er tatsächlich bereits geschlafen oder lediglich gedöst hatte, öffnete er die Augen. Es war ihm unmöglich einzuschätzen, wie lange er bereits dort gelegen hatte. Anfangs hielt er das Geräusch, das ihn geweckt hatte, für die obskure Ausgeburt eines Traumes. Langsam setzte er sich im Bett auf. Erst jetzt bemerkte Alex die Schmerzen in seinem Kopf und begann, die Augen wieder geschlossen, seine Schläfen zu massieren. Der stechende Schmerz in seiner Stirn ließ sich dadurch jedoch nicht vertreiben und er musste sich eingestehen, dass die Strapazen der Reise und der lange Fußmarsch, der dieser unruhigen Pause vorangegangen war, zu viel des Guten gewesen waren.

Das Brummen war immer noch zu hören und hatte seinen Ursprung somit eindeutig in der realen Welt. Alex blickte sich im Zimmer um. Draußen war es noch immer dunkel. So lange konnte er wirklich nicht geschlafen haben. Es regnete wieder und das Glas der Fenster vibrierte jedes Mal, wenn ein Windstoß dagegen drückte und scheinbar versuchte, sich gewaltsam Zugang zum Zimmer zu verschaffen. Das Geräusch war zu weit weg, um aus dem Zimmer oder dem Gebäude selbst zu kommen. Noch etwas wankend und ein wenig verschlafen blickte Alex aus dem Fenster in die regnerische Nacht. Die Straße lag noch immer ruhig in den Lichtkegeln der Laterne. Unverändert. Lediglich das Blechschild des Diners, dass nur durch zwei Kettenglieder hängend an seinem Ständer befestigt war, wurde durch den Wind vor und zurück geworfen. Langsam und vorsichtig, so als sei es eine verbotene Handlung, bei der man ihn auf keinen Fall erwischen durfte, schob Alex das Fenster nach oben auf. Sofort schien der Wind sich mit noch stärkerem Nachdruck Einlass in das Zimmer verschaffen zu wollen und ein Schwall der kalten, regendurchsetzten Nachtluft schlug ihm ins Gesicht. Er fröstelte, ließ das Fenster jedoch geöffnet, da er das sonderbare Geräusch nun klarer hören konnte.

Aus dem anfangs undefinierten Summen war nun etwas geworden, dessen Ursprung menschlich zu sein schien. Auch bemerkte er durch das geöffnete Fenster nun regelmäßige Veränderungen in Tonhöhe und -länge des Geräusches, wobei es jedoch niemals ganz abriss. Ein Gesang vielleicht, auch wenn es ihm nicht möglich war, zu bestimmen, in welcher Sprache er vorgetragen wurde. Seine Augen wanderten die nächtliche Straße herab bis zum Ortseingang, durch den er nach Whitecoast gekommen war und wieder herauf in die andere Richtung. Alex musste sich ein wenig aus dem Fenster lehnen, um die Straße in dieser Richtung ganz einsehen zu können und spürte den eisigen Regen auf der nur mit einem Unterhemd bekleideten Haut seines Oberkörpers. Er blickte zur Ortsmitte, wo er bei seiner Ankunft einen kleinen Platz mit einer dahinter gelegenen Kirche ausgemacht hatte. Fast schon ein wenig enttäuscht und durch den Regen animiert, wollte er sein Vorhaben, den Ursprung des unwirklichen Gesanges auszumachen, aufgeben und einfach weiterschlafen. Doch dann sah er sie.

Die Prozession bestand aus rund einem Dutzend Mitgliedern, die in dunklen Roben und mit weiten Kapuzen bekleidet die Hauptstraße entlang wanderten. Auch, wenn Alex es nicht direkt erkennen konnte, war er sich sicher, dass die sonderbaren Leute, welche die Straße entlang krochen wie ein Schwarm schwarzer Käfer, eine kultartige Gemeinschaft war. Es beängstigte ihn, wie offen dieser Kult sich zeigte. Einzig die Roben und die verhüllten Gesichter waren ein Anzeichen für den okkulten Aspekt, dem Alex jedoch mehr einen rituellen als einen praktischen Charakter zuordnete. Sicher hatte er schon oft Bilder und Videoaufnahmen von Kulten und Sekten gesehen, doch das Bild, dass sich ihm bot, glich mehr einer Parade. Und dazu kamen immer wieder diese Worte, deren Sprache er auch unter größter Anstrengung nicht identifizieren konnte. Allerdings gelang es ihm, in den regelmäßigen Lauten eine sich wiederholende Phrase zu erfassen. Er wollte sie sofort mit seinem Handy aufnehmen, doch Regen und Wind machten eine Tonaufzeichnung unmöglich. Hastig, beinahe panisch wühlte Alex in seiner Tasche, fand endlich Notizblock und Bleistift und begann sofort niederzuschreiben, was er hörte. Wie besessen und beinahe ohne den Stift abzusetzen, riss er die Worte förmlich ins Papier, bis die nächste Zeile der davor glich und er sich sicher sein konnte, das Mantra phonetisch korrekt dargestellt zu haben.

Iäh! Iäh! Ph'nglui mglw'nafh Cthulhu R'lyeh wgah'nagl fhtagn.

Er verstand die Silben und die Worte, die sie formten, nicht, nahm sich jedoch vor, ihre Bedeutung zu recherchieren. Das Mantra klang immer und immer wieder durch die Nacht, während die Gruppe bereits auf Höhe des Hotels angekommen war. Mit der Kamera seines Handys versuchte Alex die sonderbare Gruppierung zu fotografieren, doch der Regen, das fahle Licht der Straßenlaternen und die Tatsache, dass er auf Blitzlicht verzichten musste, um keine Aufmerksamkeit zu erregen, verurteilten dieses Unterfangen von vorne herein zum Scheitern. Was war das für eine Stadt, in die er hier geraten war? Immer wieder peitschten Wogen der Furcht durch ihn und erst, als die Prozession die Stadt auf dem Weg verlassen hatte, durch den Alex sie betreten hatte, schloss er das Fenster. Selbst, als sie bereits im Dunkel der Nacht verschwunden und der unweltliche Gesang bereits minutenlang nicht mehr zu hören war, starrte er noch in das Halbdunkel der Straße unter seinem Fenster. Erst einige Augenblicke später stellte er fest, dass er am ganzen Körper zitterte. Die Situation war so fremd, dass Alex noch ein geraume Weile auf dem Bett saß und versuchte, das Gesehene zu verstehen und zu realisieren, dass er gerade tatsächlich so etwas wie einen geheimen Kult gesehen hatte, der durch eine Kleinstadt am Rande der Welt zog. Das waren Dinge, die in Horrorromane gehörten, aber nicht in die reale Welt. Dieser Gedanke war der letzte, den er zu greifen bekam, bevor ihn die Müdigkeit mit einer Intensität übermannte, die ihm bis jetzt unbekannt war. So sonderbar es auch war, war er doch in gewisser Weise froh darum, sich einfach keine Gedanken mehr machen zu müssen. Keine Gedanken mehr über Autumns hirnrissige Idee, keine Gedanken über das Meer und die Küste und vor allem keine Gedanken über das, was er gerade erlebt hatte. Was blieb, war der Gesang in Lauten, zu denen der Mensch eigentlich nicht fähig sein sollte. Und zum ersten Mal seit langer Zeit begleitete ihn nicht seine Furcht vor dem Meer in seine Träume, sondern etwas ganz anderes. Etwas Fremdes. Und doch Bekanntes. *Iäh! Iäh! Ph'nglui mglw'nafh Cthulhu R'lyeh wgah'nagl fhtagn.*

Schweißgebadet schreckte Alex hoch. Die Sonne hatte sich ins Zimmer gedrängt und verlieh dem gemütlichen Raum eine angenehme Atmosphäre, die weit weg von dem war, was er letzte Nacht erlebt hatte. Jetzt, unmittelbar nach dem Erwachen hätte Alex nicht sagen können, ob er den Kult in der vergangenen Nacht wirklich gesehen hatte oder es sich nur um fragmentierte Reste eines schlechten Traumes handelte. Der Traum. Er war wieder am Meer gewesen. Doch diesmal fühlte es sich anders an. Und er hatte diese Stimme gehört, die eine Mischung aus vielen Stimmen und keiner Stimme war – nichts, das man hören konnte, sondern etwas das man wahrnahm. Als hätte er die Stimme gefühlt. Ein Blick auf sein Handy und den Notizblock auf dem kleinen Schreibtisch ließen ihn jedoch schmerzlich erkennen, dass die Ereignisse der letzten Nacht schreckliche Realität waren.

5. Immer nur bei Nacht

Gequält richtete sich Alex auf. Wieder hatten ihn diese Träume um die erholsame Wirkung des Schlafes gebracht. Im Bad hielt er den Kopf unter den Wasserhahn und musste versuchen, die Enttäuschung über eine weitere verschenkte Gelegenheit auf ein paar Stunden Schlaf damit wegzuwaschen. Erfolglos.

Deshalb beschloss er, seine neue Umgebung im Rahmen einer gemütlichen Laufrunde zu erkunden und einfach nicht mehr daran zu denken. Wahrscheinlich hörte er irgendwann einfach auf, zu schlafen. Letztendlich wurde regelmäßiger Tiefschlaf ohnehin überbewertet. Außerdem konnte er so dem aufkommenden Muskelkater entgegenwirken, dem er durch die Wanderung im nächtlichen Regen und den Schlafentzug eine ausgezeichnete Grundlage geschaffen hatte.

Nach einigem Wühlen hatte Alex seine Laufbekleidung in der Reisetasche gefunden und war froh darüber, sie grundsätzlich nicht im Koffer zu transportieren. Diese Angewohnheit stammte noch aus seiner goldenen Zeit, als er von einer Autogrammstunde zur anderen gereist war und des Öfteren erheblich früher in seinem Hotel angekommen war als sein Gepäck. Während das Personal am Flughafen noch nach seinem Koffer suchte, konnte er auf diese Weise bereits ein paar Runden durch einen Park oder ein kleines Waldstück drehen. Dabei war er jedoch kein sonderlich ambitionierter Sportler, sondern genoss es einfach, im Zuge seiner beinahe schon ritualisierten Lauferei die Gedanken schweifen zu lassen. In gewisser Weise stellte dies das erholsame Gegenstück zu seinen auszehrenden Nächten dar.

Seine Laune besserte sich schlagartig, als er mit den Fingern über die drei blauen Streifen seiner absolut abgelaufenen Turnschuhe glitt. In den 80er Jahren waren diese Schuhe das absolute Topmodell in der Palette ihres deutschen Herstellers gewesen. Heute wurden sie als "retro" bezeichnet. Einen Moment lang erschrak er darüber, wie sehr dieser Umstand als Metapher auf sein eigenes Leben zutrafen. Vielleicht hatte Autumn ja recht und es war nur eine Frage der Zeit, bis auch er wieder in Mode war.

Mit lockerem, aber bestimmtem Schritt marschierte Alex die Treppe herab. Die Lobby des Hotels war leer, Dalen war nirgends zu entdecken. Im Kamin schwelten die Reste des Feuers aus der vergangenen Nacht. In einem Display auf dem Tisch vor dem Kamin entdeckte Alex kleine, offenbar mit einem normalen Drucker hergestellte Stadpläne von Whitecoast. Bei etwas über dreitausend Einwohnern erschien ihm die Stadt nicht groß genug, als dass man sich schnell in ihr verirren könnte. Dennoch nahm Alex einen der Pläne an sich und stellte mit etwas Verwunderung fest, dass er offensichtlich mit der Hand gezeichnet worden war. Er faltete ihn zusammen und steckte ihn in seine Gürteltasche. Sicher ist sicher.

Auf diese Weise vorbereitet trat Alex durch die Tür in das Licht des erwachenden Tages. Schützend bedeckte er die Augen mit der Hand, bis er sich an die Helligkeit gewöhnt hatte. Nachdem er ein paar Mal tief durchgeatmet hatte, schlug er den Weg die Hauptstraße hinab in Richtung Kirche ein.

Bis auf einige wenige Passanten, die mit Kaffeebechern und Tageszeitungen in den Händen durch den noch sehr jungen Morgen wanderten, war die Hauptstraße sehr leer und verschlafen. Alex trabte locker die Hauptstraße entlang, die er anhand der Straßenschilder als Bishop-Street identifizierte. Auf halbem Weg, kurz vor dem ordentlich bepflanzten und gepflegten Dorfplatz, legte Alex eine kurze Pause ein, um den weiteren Verlauf seiner Route zu planen. Mitten auf dem Platz thronte auf sauber gestutztem Rasen ein kleiner, aber sehr detailliert gearbeiteter Springbrunnen. Inmitten eines

Beckens, aus dem mehrere Fontänen in Richtung Himmel sprudelten, stand die Bronzeskulptur eines bärtigen Fischers im typischen schweren Seemannsmantel und dem dazugehörigen Hut und warf gerade ein Netz aus. Selbst für die neuenglische Küste war Whitecoast überdurchschnittlich eng mit der Fischerei verbunden. Die unverhältnismäßig große Widmung, deren vergoldete Buchstaben selbst aus dieser Entfernung noch deutlich zu lesen waren, kennzeichneten den dargestellten Mann als Wilroy Burk. Die zweite, etwas kleinere Zeile betitelte ihn als "Retter von Whitecoast". Während er sich umdrehte und seinen Weg fortsetzte, beschloss Alex, sich bei Dalen nach den Taten dieses lokalen Helden zu erkundigen.

Alex entschloss sich dazu, auf dem Rückweg den Brunnen und die Kirche genauer in Augenschein zu nehmen und bog in nördliche Richtung auf die Whilton-Road ab. Diese Straße war erheblich schmaler als die Bishop-Street und offenbarte am Horizont den unverbauten Blick auf die Küste und den dahinterliegenden Ozean.

Das Wetter war ausgezeichnet und bis auf die dampfenden Straßen zeugte nichts vom schweren Unwetter der letzten Nacht. Bereits jetzt spürte er die wärmende Sonne auf seiner Haut. Whitecoast war wirklich ein schöner Ort und eine malerische Idylle, auch wenn sein Blick direkt auf die Klippen und darüber hinaus aufs Meer fiel und sogleich Unbehagen in ihm auslöste. Die Bilder aus dem Hotel hatten diese Stimmung ausgezeichnet konserviert und Alex wusste jetzt, dass der Maler sie wirklich anhand der lebendigen Stadt erstellt hatte. Whitecoast hatte zwar im Laufe der Jahrzehnte nichts an Schönheit eingebüßt, aber dieses Schicksal war nicht selbstverständlich. Die Küste Neuenglands wies viele dieser kleinen Städtchen auf, aber sie hatten sich nach der einsetzenden Stadtflucht der 1890er Jahre nicht erholen können. Die verschwindende Schwerindustrie und damit verbunden die fehlenden Arbeitsplätze ließen die Küstenregion stellenweise buchstäblich verfaulen. Ensleigh,

Darrington, Innsmouth oder Portbridge waren nur wenige dramatische Beispiele, die ihren Weg in Literatur und Presse gefunden hatten. Die Dunkelziffer an Städten, die dieses traurige Schicksal teilten, war jedoch erheblich höher. Eigentlich müssten sich verlassene Fischerstädte an der Küste aneinanderreihen, wie Perlen auf einer tragischen Perlenkette.

Rhythmischen Schrittes joggte Alex die Straße herab.

Gemächlich stieg die Sonne höher. Ein Stück wollte er sich noch auf die Küste zubewegen und dann seinen Weg der östlichen Stadtgrenze entlang in Richtung der Fabrik, deren klobige Schatten er jenseits der Kirche entdeckt hatte, fortsetzen. Sonderbar war, dass er die Fabrik in der Karte aus dem Hotel nicht finden konnte. Nach mehreren Anläufen, etwas näher an das alte Gebäude heranzukommen, war er jedes Mal an einem hohen, feinmaschigen Zaun gescheitert, der, glaubte man den Warnschildern, unter Strom stand. Mit dem Handy schoss Alex ein paar Fotos von der Fabrik und dem verdächtig modernen Zaun.

Einige Schritte weiter fand er ein verschlossenes Tor, durch dessen Gitterstäbe man einen besseren Blick auf das Gebäude und das umliegende Land hatte. Eine breite Zufahrtsstraße führte durch das Tor und direkt zum Gebäude. Eingefasst wurde das Tor von zwei sehr robust aussehenden, gemauerten Gebäuden, die sich bei näheren Hinsehen als Wachhäuschen entpuppten.

Die Fabrik war riesig, viel zu groß für eine Stadt wie Whitecoast. Der Eingangsbereich des Gebäudes lag zu weit entfernt, als dass Alex das Schild hätte lesen können. Hier am Tor war keinerlei Name für das Unternehmen zu erkennen. Das Land rund um die Fabrik war leicht hügelig und wies die typische küstennahe Vegetation auf, die man überall in Neuengland vorfinden konnte. Steine und dicke Grasbüschel.

„Die Zombie-Fabrik des Kultführers von Whitecoast" formulierte Alex halblaut einen möglichen Titel für einen Roman, den man nur zu Ehren dieser Fabrik hätte schreiben müssen.

„Das wird dem Rev' aber nicht gefallen", grunzte es.

Alex wirbelte herum, dass Handy wie ein Kampfmesser zum Zustoßen bereit. Doch da war niemand. Nicht hinter dem Zaun, nicht in einem der Wachhäuschen. Moment. Aus dem Fenster des rechten Wachhäuschens zeigte der Lauf eines martialisch aussehenden Gewehres auf ihn. Eine von diesen Waffen, wie man sie in modernen Hollywood-Filmen sieht, mit Taschenlampe und so einem Ziellaser. Alex hatte nichts für Waffen übrig und wunderte sich darüber, dass er sich in einem solchen Moment mehr Gedanken über seine pazifistische Veranlagung machte, als darüber, dass ein militanter Hinterwäldler mit einem riesigen Gewehr auf ihn zielte. Als er jedoch den roten Punkt auf seiner Brust entdeckte, wich seine Grübelei nackter Angst.

„Was machen sie hier? Das ist Sperrgebiet." Der Wachmann war inzwischen aus seinem Verschlag herausgekommen und stand etwa vier Meter entfernt von Alex auf derselben Seite des Zaunes.

In wie vielen Büchern und Filmen kam diese Frage eigentlich vor? Unweigerlich musste Alex grinsen. Die auf ihn gerichtete Waffe vernebelte seinen Verstand derartig, dass er nicht mehr darüber urteilen konnte, ob seine Äußerungen angemessen waren oder nicht.

„Ist das hier etwa ein geheimes Regierungsprojekt?", warf er dem Wachmann mit einer Frechheit in den Worten entgegen, die ihn selbst verwunderte.
Stille.

Kurz bevor Alex mit dem Leben abgeschlossen hatte und davon ausging, dass der Kerl auf jeden Fall schießen würde, flackerte etwas in den Augen seines Gegenübers. Einsicht? Erkenntnis?

„Sie sind der Typ aus der Stadt." Der Wachmann besaß das unglaubliche Talent, seine Äußerungen immer wie eine Mischung aus Feststellung, Frage und Beleidigung klingen zu lassen.

„Ja. Irgendwie schon."

„Der Reverend hat mich bereits über Sie informiert und gesagt, dass Sie in Whitecoast herzlich willkommen sind."

Er war mitten in der Nacht in Whitecoast angekommen. Wie konnte überhaupt jemand wissen, dass er hier war? Hatte Dalen die Anweisung bekommen, jeden Fremden unverzüglich bei seinem Oberhaupt zu melden?

„Der Reverend?" wiederholte Alex.

Stummes und viel zu energisches Nicken auf der Gegenseite.

Kurz standen die beiden Männer da und schwiegen. Dann bemerkte der Wachmann schließlich, dass er noch immer auf Alex angelegt hatte.

Augenblicklich senkte er die Waffe und sicherte sie mit einem klackenden Geräusch. Zumindest nahm Alex an, dass die Bewegung seines Fingers und der darauf folgende Ton genau das bedeuteten.

„Entschuldigen Sie", sagte er dann ein wenig reumütig. „Wir haben in letzter Zeit nicht oft Besuch von außerhalb hier. Und seit den Terroranschlägen sind wir sehr vorsichtig geworden."

Alex traute seinen Ohren nicht. Terroranschläge? In Whitecoast? Er beschloss, dass es sich bei dem Wachmann um einen interessanten Gesprächspartner handelte und reichte ihm deshalb die Hand, um sich vorzustellen.

Sofort zuckte der Wachmann zusammen und riss die Waffe in den Anschlag.

„Stehenbleiben!" schmetterte er dem Schriftsteller in einer Lautstärke entgegen, die ihn sofort einen Schritt zurückweichen ließ.

Beschwichtigend hob Alex die Hände noch ein wenig höher. Der Wachmann bemerkte seinen Fehler und senkte die Waffe erneut, dieses Mal soweit, dass sie an einem ledernen Gurt an seiner Hüfte baumelte. Sein Gesicht war knallrot vor Scham.

Er ging auf Alex zu und reichte ihm die Hand.

„Es tut mir sehr leid! Ich bin mit den Nerven völlig am Ende." Er ergriff mit seiner behandschuhten Pranke Alex' Hand und schüttelte sie heftig.

„Ich bin Trend Busman und verantwortlich für die Sicherheit hier im schönen Whitecoast." Seine Stimme beruhigte sich langsam und auch die Röte wich aus seinen Zügen. In seinem schwarzen Overall, mit der Splitterschutzweste, den vielen Taschen, Ösen und Haken und nicht zuletzt dem Gewehr sah er mehr aus wie ein Soldat als wie der Sheriff einer kleinen Stadt. Alex schätzte ihn auf Mitte vierzig. Vielleicht ein Golfkriegsveteran?

Alex stellte sich ebenfalls vor und kam dann ohne Umschweife zurück zu den Terroranschlägen, die seiner schwelenden Neugier weitere Nahrung gaben.

Trend bedeutete Alex ihm zu folgen und sie betraten gemeinsam das kleine Wachhäuschen. Aus einer Thermoskanne füllte er zwei Tassen mit Kaffee und schob Alex eine davon herüber.

Alex bedankte sich und nahm dankbar einen Schluck von dem starken, aber nicht minder geschmackvollen Kaffee.

Nach einer Weile erkundigte er sich nach den Anschlägen, die Trend erwähnt hatte. Dabei stellte sich heraus, dass Trend tatsächlich ein im Ruhestand befindlicher Veteran der US Army war und aufgrund eines schweren Traumas den aktiven Dienst hatte quittieren müssen. Anschließend war er nach Whitecoast zurückgekehrt und der Reverend hatte seine Qualitäten erkannt und ihm zum Sheriff ernannt. Das sei vor etwa zehn Jahren gewesen.

Irgendwie fühlte sich Alex mit dem ehemaligen Soldaten, der sein Dasein als besserer Wachmann fristete, verbunden. Teilte er dieses Schicksal nicht in gewisser Weise?

Dann begann Trend damit, von den Anschlägen zu erzählen. Bereits vor dem 11. September habe es konkrete Aktionen gegen Whitecoast und die Fischfabrik gegeben. Auf die Frage hin, wie sich diese konkreten Aktionen denn äußern würden, erklärte Trend ihm, dass die Terroristen grundsätzlich immer das gleiche Vorgehen pflegten: Unter dem Vorwand, sie seien Beamte einer Regierungsbehörde, kämen sie nach Whitecoast und begännen damit, erst unangenehme Fragen zu stellen, dann Dissidenten zu organisieren und anschließend gezielte, physische Anschläge durchzuführen.

Alex nickte, wusste jedoch nicht so recht, was er davon halten sollte.

„Was ist, wenn es sich wirklich um Regierungsbeamte handelt?", erkundigte sich Alex sehr vorsichtig.

„Das kann nicht sein. Der Reverend sagt, dass es Terroristen sind und dass wir sie um jeden Preis aufhalten müssen."

„Was macht ihr mit ihnen, wenn ihr sie aufgehalten habt?" Alex kam sich vor wie in einem bösen Traum. Dieses Gespräch war so surreal, das es ihm schwerfiel, nicht in wildes Gelächter auszubrechen.

„Entweder wir nehmen sie fest oder wir erledigen sie gleich. Im Rahmen des Patriot Acts ist das rechtlich kein Problem. Wir übergeben sie dann dem Reverend und dieser überführt sie nach Boston, wo er sie dem echten FBI übergibt."

„Und die Kopfgelder einstreicht?" Alex lachte.

„Nein, darauf verzichtet er. Whitecoast ist eine sehr wohlhabende Stadt, müssen Sie wissen."

Der Stolz, mit dem Trend über die Taten des Reverends sprach, glich einer religiösen Verehrung. Gerade als Alex zu einer weiteren Frage ansetzen wollte, erwachte knackend und rauschend ein Funkgerät auf einem kleinen Pult zum Leben.

Der Empfang war schlecht und Alex konnte nicht alles verstehen, Trend hingegen kannte die eigentümlichen Fehler des Gerätes und schien die kryptische Nachricht ohne Probleme deuten zu können.

„... der Fremde ..."

Knacken.

„... nicht in die Nähe des ..."

Rauschen.

„... töten ..."

Das Funkgerät verstummte, als schien es sich unter den Blicken der beiden Männer zu sehr zu schämen, weitere Laute von sich zu geben.

Trend stand langsam auf, zog das Gewehr am Gurt vor die Brust und deutete mit dem Lauf auf die Tür.

„Ich muss Sie nun bitten, zu gehen. Sir, bitte beachten Sie, dass es sich bei dieser Einrichtung um Sperrgebiet handelt. Unbefugten ist der Zutritt verboten. Bei Missachtung dieser Anweisung bin ich befugt, von der Schusswaffe Gebrauch zu machen."

Der Ton, in dem Trend seine Anweisungen runterbetete, war militärisch direkt und duldete keinen Widerspruch.

Ohne ein weiteres Wort verließen sie den Verschlag und Alex setzte seinen Weg fort. Geistesgegenwärtig und getrieben durch die Überzeugung, dass Trend nicht zögern würde, wirklich von der Schusswaffe Gebrauch zu machen. Alex waren die zwei Dutzend Ausweise aufgefallen – FBI, IRS und State Police – die säuberlich an der Wand der Baracke wie Trophäen aufgehängt waren. Alle miteinander hatten sehr echt ausgesehen.

Etwas zügiger setzte er den Weg fort und beschloss, sich erst später Gedanken über das zu machen, was er gerade erlebt hatte. Irgendetwas stimmte in dieser Stadt nicht und je mehr Indizien ihm vorgeworfen wurden, desto größer wurde der Hunger den er verspürte. Ein Hunger, den er schon lange nicht mehr gespürt hatte und den er im Moment noch nicht so recht einordnen konnte.

Alex hatte sowohl die Morgensonne als auch die Seeluft unterschätzt. Seine Ambitionen, eine ausführliche Runde um die Stadt zu laufen, waren unterwegs wahrscheinlich irgendwo verloren gegangen. Immerhin hatte er jedoch den

Dorfplatz erreicht und war nicht irgendwo auf halber Strecke liegengeblieben.

Auf den Knien verweilte er neben dem Springbrunnen und versuchte, seine Atmung in den Griff zu bekommen. Die vorangegangene Nacht hatte ihn einfach zu sehr in Mitleidenschaft gezogen. Aus der Nähe betrachtet war der Detailgrad der Statue auf dem Brunnen noch beeindruckender. Mit höchster Präzision und Kunstfertigkeit hatte der Künstler den Fischer dargestellt. Auch wenn Alex nicht viel von Bildhauerei verstand, war er überzeugt davon, dass das Standbild mehr Aufmerksamkeit verdient hatte und der Brunnen seiner Meinung nach in einen New Yorker Park gehörte.

„Beeindruckend, nicht wahr?"

Der Schreck, der Alex durchfuhr, hätte ihn beinahe von den Füßen gerissen. Whitecoast war so still und ruhig gewesen, dass er überhaupt nicht damit gerechnet hatte, neben Dalen und Trend noch eine weitere Person zu treffen. Und schon gar nicht eine, die von sich aus ein Gespräch mit ihm anfing.

Er nahm sich vor, aufmerksamer zu sein. Bereits zum wiederholten Male wurde er durch jemanden überrascht. In seinen Romanen hatte er diese Technik immer dann verwendet, um – zumindest für einen Moment – einen künstlichen Spannungsbogen außerhalb der eigentlichen Geschichte und entgegen der Kontinuität zu erzeugen. Einer der zahlreichen billigen Tricks, mit denen man in seiner Branche seit jeher arbeitete, um den Leser mit einer unvorhersehbaren Wendung überraschen und ihm damit Spannung vorgaukeln zu können.

Alex drehte sich um. Vor ihm stand ein auf einen Gehstock gestützter, hagerer Mann mit grauen, kurzgeschnittenen Haaren und einem akkurat gestutzten Bart in gleicher Farbe. Das Gesicht des Mannes war kantig und verriet ein fortgeschrittenes, aber für Alex unmöglich konkreter eingrenzbares

Alter. Und dann waren da noch die Augen. Grau, wie der Sockel des Springbrunnens, aber von einer Klarheit, die jedem, den er anblickte, einen Schauer über den Rücken jagen musste.

„Ja. Sehr beeindruckend", bestätigte Alex. Es klackte auf den Pflastersteinen unter ihren Füßen, als der Mann zwei Schritte auf Alex zu machte. Dieser bemerkte, dass sein Gesprächspartner das linke Bein nachzog und jeder Schritt ihm sichtlich Schmerzen bereitete.

„Aber wo sind meine Manieren? Ich habe mich noch nicht vorgestellt. Mein Name ist Reverend Artemis Whine und ich bin der Hirte dieser kleinen, aber erlesenen Herde."

Er streckte ihm die Hand entgegen.

Alex ergriff die angebotene Hand und sah sich einem kräftigeren Händedruck ausgesetzt, als er ihn erwartet hatte.

„Angenehm", entgegnete er. „mein Name ist Alexander Wright. Ich bin auf der Durchreise."

Der Reverend lachte dezent, aber ehrlich amüsiert auf.

„Auf der Durchreise? Mister Wright, Whitecoast liegt nicht auf dem Weg irgendwo hin. Whitecoast ist immer das Ziel."

Richtig. Egal, wo man hinwollte, man landete immer in Whitecoast, vervollständige Alex in Gedanken den Satz.

Die Stimme war sehr bewusst moduliert und strahlte genau so viel Gastfreundschaft und Offenheit aus, wie der Reverend seinen Worten mitgeben wollte. Jede einzelne Silbe fügte sich nahtlos an die anderen und in ihrer Summe ergaben die Worte des Reverends ein so formvollendetes Sprachbild, dass es Alexeinen Schauer über den Rücken jagte.

"Ich habe gehört, dass Sie bei Dalen im Hotel untergekommen sind. Ihr Auto ist oben an der Straße liegengeblieben, nicht wahr?", erkundigte sich der Reverend in einem Ton, der eine sonderbare Mischung aus Freundlichkeit und Skepsis in sich trug. Es verwunderte Alex ein wenig, woher der Reverend bereits zu so früher Stunde eine solche Fülle an Informationen haben konnte. Selbst der Portier war noch nicht an seinem Platz gewesen, als Alex sich auf den Weg machte. Allerdings würde jemand mit den kommunikativen Fertigkeiten seines Gesprächspartners eine solche Information auf keinen Fall versehentlich preisgeben. Hier hatte der Reverend also deutlich die Nachricht platziert, dass er ganz genau wusste, was in seiner Stadt vor sich ging, um ihm als Außenstehendem seine Rolle zuzuweisen.

Das schürte Alex' Neugier.

Er nickte. "Nach dem Frühstück wollte ich mich nach einer Werkstatt umsehen. Ich habe einen wichtigen geschäftlichen Termin in der Nähe von Arkham und kann leider höchstens ein paar Tage hier in Whitecoast bleiben."

Ein Lächeln erhellte die Züge des Reverends. "Machen Sie sich keine Sorgen. Auch außerhalb der eigentlichen Saison sind Gäste hier in unserer schönen Stadt herzlich willkommen. Aber seien Sie nachsichtig. Den Menschen hier steckt die sehr ertragreiche, aber auch sehr lebhafte Saison noch in den Knochen."

"Das kann ich mir vorstellen", entgegnete Alex knapp.

"Das Beste wird sein, wenn Sie sich um Ihr Auto kümmern und anschließend etwas im Whitecoast-Diner essen. Sagen Sie Ruth einfach, dass ich Sie geschickt habe. Das Essen geht dann aufs Haus. Den restlichen Abend verbringen Sie dann am besten auf ihrem Zimmer und schlafen sich aus. Sie sehen aus, als könnten Sie ein wenig Ruhe gebrauchen."

Der Reverend lachte, während Alex sich über das unausge-
sprochene Verbot, sich in der Stadt umzusehen, wunderte.

"Sie wissen nicht, wie sehr Sie damit recht haben." Alex
gähnte demonstrativ und begann dann ebenfalls zu lachen.
Die beiden Männer lachten einen Moment. Anschließend
verabschiedete sich der Reverend freundlich und bot Alex
an, ihn bei weiteren Fragen und Anliegen behilflich zu sein.
Er solle Dalen einfach nach seiner Nummer fragen.

Etwas gemächlicher lief Alex die Hauptstraße hinunter und
war sich sicher, den durchdringenden Blick des Reverends
noch eine ganze Weile in seinem Rücken spüren zu können.

Das selbsternannte Oberhaupt von Whitecoast war eine
sonderbare Person und als Mensch aus der Großstadt erschien es Alex eher befremdlich, sich in einer Gemeinschaft
aufzuhalten, die sich so sehr auf eine zentrale Figur fixierte.

Noch viel befremdlicher erschien Alex jedoch der in Freundlichkeit verborgene Hausarrest. Was bezweckte der
Reverend damit? Wollte er in seiner Rolle als fürsorglicher
Schäfer nur seine Herde vor den bösen äußeren Einflüssen
schützen? Dieser erste Gedanke wurde jedoch bereits wenige
Schritte später von einem ganz anderen abgelöst. Und damit
begann ein Funke in Alex zu glimmen, den er als für immer
erloschen erachtet hatte. Diese besondere Form von voyeu-
ristischer Neugier, wie nur Künstler sie kannten. Der Drang,
seine Umwelt zu verstehen, um sie in der Kunst ausdrücken
zu können. Bei Alex kam zu dieser sehr abstrakten Form der
Wahrnehmung jedoch noch das wesentlich konkretere jour-
nalistische Bedürfnis, verborgenen Dingen auf den Grund zu
gehen. Der verschlafene Küstenort verbarg etwas, das über
die typischen Geheimnisse des neuenglischen Morastes
hinaus ging und worauf ihn der Reverend – ob gewollt oder
ungewollt galt es noch zu klären – durch sein Verhalten
förmlich gestoßen hatte.

Bis jetzt war es nur ein Bauchgefühl, basierend auf Indizien und Vermutungen, doch Alex fühlte sich, als hätte man ihm einen Eimer Eiswasser über den Kopf geschüttet. So wach und aufmerksam im Geiste hatte er sich seit Jahren nicht mehr gefühlt. Körperlich jedoch nagte die Müdigkeit bereits wieder an ihm, so dass er nach einem Blick auf die Uhr beschloss, nach der verdienten Dusche und vor dem Essen, ob nun Frühstück oder Lunch würde sich dann entscheiden, noch ein paar Stunden zu schlafen.

Es dauerte wiederum die gesamte Streckte vom Dorfplatz bis zum Diner, bis Alex feststellte, dass er in seiner Aufregung um das vermeintliche Geheimnis, auf das er gestoßen war, die Düsternis der Träume, die ihn erwarten würde, beinahe vollständig verdrängt hatte. Konnte es sein, dass ihm in all den Jahren genau dieser Forscherdrang gefehlt hatte und sich sein Geist deshalb in die Träume geflüchtet und ihm damit ein unlösbares Rätsel auferlegt hatte?

Zurück im Hotel stellte Alex fest, dass Dalen nach wie vor nicht an seinem Platz hinter der Theke und der kleine Frühstücksraum noch nicht geöffnet war. Bereits wenige Minuten später stand er bereits unter der Dusche und genoss das heiße Wasser und es schien, dass erst jetzt die Kälte der nächtlichen Wanderung aus seinen Gliedern wich.

Nachdem er sich grob abgetrocknet hatte, fiel er aufs Bett und schlief beinahe augenblicklich ein.

Die bekannten Visionen der Weite des Ozeans und der Fremde, dem nahenden Grauen am Horizont flimmerten nur kurz auf.

6. Dann war er plötzlich wach.

Das vehemente Hämmern an der Tür, das eher den Eindruck vermittelte, als wolle jemand sie einschlagen, erklang erneut. Nun verstand Alex auch, was ihn geweckt hatte.

"Mister Wright, sind Sie wach?"

Dalen, der Portier, schien Schwierigkeiten damit zu haben, seine Kraft zu regulieren. Unter seinen heftigen Schlägen wölbte sich die Tür beinahe.

Alex knurrte einige Worte der Bestätigung, während er verschlafen ins Bad taumelte.

"Danny, der Mechaniker wartet in der Lobby auf Sie. Sie können also Ihr Auto abschleppen und wenn Sie wieder da sind, mache ich Ihnen ein ordentliches Frühstück." Mit diesen Worten verschwand Dalen und trotz des Teppichs auf dem Flur hörte Alex deutlich, wie der Riese sich mit schweren Schritten entfernte.

Er betrachtete sich im Spiegel. Im Laufe der letzten Jahre hatte er sich immer wieder eingestehen müssen, dass er alt geworden war. "Mit fünfundfünfzig sieht man eben so aus", redete er sich ein. Die harten und kantigen Züge gehörten ebenso dazu wie das graue, kurzgeschorene Haar und die müden Augen.

Während er sich Wasser ins Gesicht warf, um die Müdigkeit zu verjagen, die noch in ihm steckte, plante Alex den groben Tagesablauf. Eventuell gelang es ihm, diesen Danny davon zu überzeugen, ihn in die Nachbarstadt zu fahren, damit er Autumn oder zumindest die Autovermietung anrufen konnte. Allerdings beschloss er bei dieser Planung zumindest noch eine Nacht in Whitecoast zu bleiben, denn die einmalige

Atmosphäre des Verbotenen und Geheimen weckte seine schriftstellerische Neugier. Und auch, wenn Autumn das Ganze wahrscheinlich als unglaubwürdig abtun würde, entschied er sich dafür, die Ereignisse in dieser merkwürdigen Stadt als Idee für ein Buch zu nutzen, das er nach seinem jetzigen Auftrag schreiben würde. Er richtete sein Hemd, kontrollierte sein durch die letzte Nacht sehr in Mitleidenschaft gezogenes Äußeres und ging fast schon ein wenig beschwingt durch den Flur und hinunter in die Lobby. Auch wenn er körperlich noch müde war, hatte sich der Schriftsteller in ihm lange nicht mehr so wach gefühlt.

Am Tresen stand ein dürrer Mann, mehr noch ein Junge, in einem abgenutzten blauen Werkstattoverall, Danny, und unterhielt sich angeregt mit Dalen. In der Gegenwart des riesigen Mannes wirkte Danny noch zierlicher, als er ohnehin schon war. Auf dem Rücken des schmutzigen Overalls waren die Reste eines Schriftzuges zu erkennen, die sich jedoch jenseits der Lesbarkeit befanden.

Als Alex begriff, dass die beiden Männer seine Ankunft nicht bemerkt hatten, blieb er auf dem Treppenabsatz stehen und kauerte hinter der Ecke, um unbemerkt einige Fetzen der Konversation auffangen zu können.

"... muss verschwinden ...", knurrte Dalen.

"... alter Mann. ... keine Gefahr", erwiderte Danny mit einer überraschend und überhaupt nicht zu seinem Körperbau passenden festen Stimme.

Dalen wurde lauter: "Du musst das Auto reparieren. So schnell wie es geht. Der Reverend war heute Morgen bereits hier."

Danny hob beschwichtigend die Arme und gemahnte den Portier dazu, leiser zu sprechen. Dann setzte er zu einer Antwort an: "Ein Tag noch. Höchstens zwei ..." In diesem

Moment trat Alex bewusst lautstark um die Ecke und begrüßte die beiden Männer lächelnd. Man konnte ihnen am Gesicht ablesen, dass sie sich ertappt fühlten. Entgegen aller Erwartungen war es Dalen, der sich zuerst wieder sammelte.

"Mister Wright, das hier ist Danny. Danny ist der beste Mechaniker weit und breit. Egal, was mit Ihrem Auto ist, er wird es innerhalb kürzester Zeit wieder hinbekommen." Er klopfte Danny so stark auf die Schulter, dass Alex befürchtete, der zierliche Mann würde unter dem Schlag zusammenbrechen. In dem dreckigen und für seine Gestalt viel zu großen Overall vermittelte Danny einen ehrlichen und auf eine komische Art und Weise kompetenten Eindruck, wenn es darum ging, Motoren zu reparieren.

Danny machte lächelnd einen Schritt auf ihn zu, wischte seine Hand am Overall ab und streckte ihm die immer noch ölverschmierte Hand entgegen. Zögerlich ergriff Alex sie und stellte sich dem Mann vor. Der junge Mann hatte trotz seiner zierlichen Gestalt einen kräftigen, beinahe gewaltvollen Händedruck.

Nachdem sie noch einige Minuten zusammen gestanden und sich miteinander unterhalten hatten, brachen Danny und Alex auf. In Bezug auf den alten Werkstattwagen hatte Dalen nicht zu viel versprochen. Der umgebaute Pickup war mindestens fünfzig Jahre alt und man sah ihm jedes einzelne Jahr und jedes einzelne abgeschleppte Auto deutlich an. Keine Stelle des ehemals taxi-gelben Blechs schien nicht mehrfach eingedellt worden zu sein. Danny bemerkte, dass Alex das Fahrzeug zweifelnd mit hochgezogener Augenbraue musterte.

„Keine Sorge. Der alte Jogg hat mich noch nie im Stich gelassen. Er ist zwar nicht mehr der Jüngste, aber an wem von uns geht das Alter schon spurlos vorbei?", grinste er Alex frech an.

Beeindruckt und amüsiert von der schlagfertigen Antwort des Jungen nickte Alex und brummte ein paar zustimmende Worte, während er auf der Beifahrerseite des Trucks einstieg. Die Sonne war auf dem besten Wege, auch die letzten Reste der Nacht endlich zu vertreiben und Alex nutzte die Gelegenheit, dass Danny sich noch ein paar Minuten Geduld erbeten hatte und drehte an den alten Knöpfen des Radios. Vielleicht würde er eine der zahlreichen kleinen Stationen aus der Gegend empfangen. Nach dem Einschalten jedoch erschrak Alex. Anstatt des erwarteten statischen Rauschens drang überraschend klare Musik aus den beiden Lautsprechern. Das Radio selbst besaß kein Kassettendeck, so dass es hier eine Radiostation nicht nur in der Nähe, sondern aufgrund des klaren Empfangs unmittelbar vor Ort sein musste. Kein funktionierendes Telefon in der ganzen Stadt, aber eine UKW-Sendeeinrichtung? Aus Alex' Perspektive schien das widersprüchlich. Und unsinnig.

Die Musik verstummte und es kehrte für einen Augenblick Stille im Fahrzeug ein. Dann erhob ein männlicher Moderator die Stimme.

„Nach diesem schönen Lied von Coastal Ensemble kann ich euch, liebe Gemeinschaft, nur einen wundervollen Tag wünschen."

Bei der in diesem Zusammenhang ungewöhnlichen Formulierung „Gemeinschaft" musste Alex unweigerlich an die Gruppe denken, die er in der vergangenen Nacht vor seinem Fenster gesehen hatte.

„Ich freue mich auf euer Erscheinen beim diesjährigen Seefest. Wir werden bestimmt eine Menge Spaß haben", summte die Stimme einladend, aber ruhig und nicht aufdringlich aus den Lautsprechern. Es war Alex kaum möglich, das Alter des Moderators zu bestimmen. Als Danny plötzlich die Wagentür öffnete, bemerkte Alex, dass ihn der Umstand, dass es in dieser kleinen unscheinbaren Stadt einen eigenen

Radiosender zu geben schien, so sehr fasziniert hatte, dass er seine Hand die ganze Zeit am Drehknopf des Radios gelassen hatte. Mehr vor Schreck, als um es zu verbergen, schaltete er das Radio durch geräuschvolles Drehen des Knopfes aus.

„Keine Sorge, Mister Wright", Danny grinste schon wieder. „Lassen Sie die Sendung ruhig laufen. Einen anderen Sender empfangen wir hier in der Gegend nicht."

Alex nickte. „Nennen Sie mich doch Alex."

Danny streckte ihm seine Hand noch einmal entgegen. „Hocherfreut! Ich bin Danny." Alex schüttelte die Hand.

„Nun, Danny, was ist das für eine Radiostation? Ist das nicht ein wenig ungewöhnlich für eine so kleine Stadt?"

Danny ließ den Motor an. „Irgendwie schon. Das ist schon immer ein Steckenpferd des Reverends gewesen."

„Des Reverends?" Unbehagen breitete sich in Alex aus. Wohliges Unbehagen. Eine Kleinstadt, die von einem religiösen Fanatiker kontrolliert wird und der über seine abartige Radiosendung seine zweifelhaften Lehren verbreitet. Großartig.

„Ja. Reverend Artemis Whine. Schon seitdem ich lebe, ist er der Reverend von Whitecoast und irgendwie auch sowas wie der Bürgermeister. Die Leute hören gerne auf ihn, weil sie wissen, dass er sich um jeden einzelnen sorgt."

Alex nickte kaum merklich. Holpernd rumpelte der alte Jogg die Hauptstraße von Whitecoast entlang. Langsam begann diese zum Leben zu erwachen und eine für die Größe der Stadt beeindruckende Geschäftigkeit an den Tag zu legen. Die Menschen in Whitecoast schienen auf den ersten Blick freundlich und aufgeschlossen zu sein. Keine Spur von

Verbitterung oder gar religiösem Fanatismus. Und keine Spur der schwarzen Roben. Übertrieben langsam steuerte Danny das Fahrzeug durch die Stadt.

Als ob er Gedanken lesen könne, kam er Alex zuvor. „Der Motor ist schon sehr alt. Wenn ich ihn nicht vorsichtig warmfahre, wird er schnell bockig."

Alex grinste und tadelte sich selbst für seine eigene Paranoia, war er doch davon ausgegangen, dass Danny so langsam fuhr, um den anderen Städtern den Fremden vorzuführen. Zumindest war das sein Eindruck gewesen, als er in die nur auf den ersten Blick freundlichen Gesichter der Menschen aus Whitecoast blickte. In einigen las er Argwohn und Mistrauen. In anderen jedoch auch ganz unverhohlen und offen zur Schau gestellten Hass. Gerade letzterer schwappte hinter ihnen her wie eine Welle aus Galle, und Alex hatte bei mehr als einem der oftmals älteren Einwohner den Gedanken, dass nicht mehr viel fehlen würde, bis sie dem Abschleppwagen Steine hinterher warfen.

„Wo genau steht Ihr Wagen denn?", erkundigte sich Danny.

Alex ruckte hoch und bemerkte, dass er gedankenverloren aus dem Fenster gestarrt hatte. Die Menschen schienen auf einmal gar nicht mehr so feindselig zu sein, wie er vermutet hatte. Oder war er eingeschlafen und hatte nur geträumt? Aus dem Augenwinkel nahm er wahr, wie sein Fahrer einen Schluck aus einer Flasche in einer braunen Papiertüte nahm. Kurz überlegte er, wie weit die Sucht bereits fortgeschritten sein musste, wenn man bereits am frühen Morgen zu trinken begann. Er verzichtete darauf, den jungen Mann darauf hinzuweisen, in welchem Verhältnis der krankhafte Genuss von Alkohol und das Führen eines schweren Abschleppwagens zueinander standen.

„Die Straße hier rauf, bis zur Bundesstraße und dann ein paar Meilen Richtung Boston", antwortete Alex schnell, um die aufkommende Unsicherheit zu verbergen.

„Alles klar, Chief", bestätigte Danny, drehte das Radio lauter und sorgte damit dafür, dass ein flotter Jazzrhythmus aus den Lautsprechern kam.

Dann gab er Gas und der riesige Motor begann zu röhren, wie ein hungriges Monster. Der Vortrieb des alten Autos war so stark, dass Alex für einen Moment in die Sitze gedrückt wurde.

Wieder grinste Danny. Diesmal jedoch vor Stolz.

„Hab ich alles selbst gemacht", sagte er und deutete in Richtung der Motorhaube, woraufhin Alex anerkennend nickte und feststellte, dass das unterschwellige Grummeln des Motors ihn erschreckend stark an das Geräusch dieser überzüchteten, in die Karossen von alten Klassikern verpackten Rennautos erinnerte.

„Man hat hier doch sonst nichts zum Lachen", rechtfertigte Danny sich grinsend und hatte damit Alex' Gedanken schon wieder gelesen.

Eine Weile fuhren sie schweigend die Küste entlang.

"Beeindruckend, oder?" Danny nickte in Richtung des Ozeans, der im Schein der Morgensonne ruhig dalag und glitzerte.

"Das liegt im Auge des Betrachters", antwortete Alex, ohne das Naturschauspiel nur mit einem Blick zu würdigen.

"Sie machen sich nicht viel aus dem Meer, wie?", erkundigte sich der junge Mechaniker in einem beinahe verständnisvollen Ton.

"Nicht das Geringste." Es irritierte Alex ein wenig, dass Danny das angebotene Du nicht nutzte. Vielleicht, dachte er, warf der Junge es auch einfach nur durcheinander. Um nicht weiter über das Meer sprechen zu müssen, wechselte er das Thema.

"Lebst du schon immer in Whitecoast?"

Danny wandte den Kopf für einen Moment von der schnurgeraden Fahrbahn und schaute seinen Beifahrer verwirrt an, bevor er zögerlich antwortete.

"Nun, im Grunde schon." Danny machte eine nervöse Pause, bevor er sich beeilte hinzuzufügen:

"Es ist eine gute Stadt." Es folgte ein Schluck aus der Flasche in der braunen Tüte.

Der zweite Satz klang aus dem Mund des jungen Mannes ein wenig wie ein Zitat aus einer Tourismusbroschüre für den konservativen Mittelstand. Und ebenso glaubwürdig. Prompt erwachte die Neugier in dem Schriftsteller.

"Nicht unbedingt die Gegend, in der man sich als junger Mann wohlfühlt, oder?" Während er die Frage stellte, beobachtete er so unauffällig, wie es vom Beifahrersitz eines Autos aus möglich war, die Reaktion des Mechanikers.

"Kein Internet, keine Computerspiele, keine Discos, ..." Nein, damit traf er keinen Nerv. Alex musste gänzlich andere Geschütze auffahren, wenn er eine Reaktion provozieren wollte.

"... keine Mädchen?" Zumindest waren ihm bisher kaum Menschen in Dannys Alter in Whitecoast aufgefallen.

Danny wurde schlagartig aschfahl und trank hastig, beinahe als Ausflucht, um nicht antworten zu müssen.

"Nein, keine Mädchen", antwortete er ohne irgendeine Betonung.

Aha.

"Gar keine? Das ist aber nicht so gut, was?", entgegnete Alex mit einem verschwörerischen Funkeln.

Kaum merklich schüttelte Danny den Kopf.

"Ich bin zufrieden so wie es ist und ich kann den ganzen Tag tun, was mir Spaß macht." Wie zum Beweis seiner Aussage schlug er mit einer Hand auf die Oberseite des Lenkrads.

Schon wieder etwas, was nicht unbedingt der Wahrheit entsprach. Die Züge waren nun nicht mehr von dieser aufrichtigen Freundlichkeit geprägt, die Alex seit dem Treffen in der Lobby dort hatte beobachten können. Sie waren einem ernsthaften, kalten Ausdruck gewichen.

Es musste einmal ein Mädchen gegeben haben. Wahrscheinlich hatte sie ihn sitzen gelassen und Alex in seiner Neugier ein paar alte Wunden aufgerissen. Irgendwie tat ihm der Junge leid.

Alex griff nach einem in einen Anhänger eingelassenes Foto.

"Ist sie das? Das ist ein hübsches Mädchen." Alex wurde beinahe ein wenig übermütig.

Danny riss ihm das Bild förmlich aus der Hand und steckte es in die Brusttasche seines Overalls.

"Ja, das war ... ich meine, das IST sie." Der Mechaniker war ernst, seine Augen starrten konzentriert auf die Straße vor ihm.

Alex schwieg.

Einige Minuten fuhren sie ohne ein Wort zu sagen weiter. Einzig der kräftige Klang des Motors und die Musik im Radio bildeten eine akustische Kulisse.

"Ihr Name war Katelyn", sagte Danny so plötzlich, dass Alex, der aus dem Fenster gesehen und nach einem eleganten Weg einer Entschuldigung gesucht hatte, aufschreckte. Fast, als hätte man ihn geweckt.

"Was ist mit Katelyn geschehen? Ist ihr etwas zugestoßen?", erkundigte sich Alex in der ernstesten Stimme, die ihm zur Verfügung stand.

Es dauerte wieder einen Augenblick, bis Danny antwortete. Es schien, als kostete ihn jeder Satz, der dieses Mädchen zum Inhalt hatte, eine unglaubliche Überwindung.

"Sie war ...", er suchte die richtigen Worte, "... sie ist ...", aber das schien ihm nicht so recht gelingen zu wollen.

"Wir waren ein Paar."

Alex beschloss, sich in Zurückhaltung zu üben und den jungen Mann nicht weiter unter Druck zu setzen.

"Sie war ... ist die Tochter vom Reverend."

Die Art, wie Danny von dem Mädchen sprach, verwirrte den Schriftsteller. Normalerweise war diese Art der Unsicherheit nur bei Angehörigen von Verschollenen oder Entführten anzutreffen.

"Hat sie Whitecoast verlassen?"

Danny schüttelte den Kopf.

"Sie ist der Kirche beigetreten."

Der Junge schien bemerkt zu haben, dass sein Beifahrer ihn fragend und voller Unverständnis anschaute.

"Wissen Sie, unsere Kirche ist keine Kirche, wie Sie sie kennen." Danny kurbelte das Seitenfenster herunter und warf die Flasche aus dem fahrenden Auto.

Nach der Prozession, deren Zeuge Alex in der vergangenen Nacht geworden war, zweifelte er nicht an der Äußerung des jungen Mannes.

"Das heißt, dass es in der Stadt eine Sekte gibt?"

Dannys Augen begannen zu flackern. Man sah ihm an, dass unter seiner Oberfläche etwas brodelte, das nur darauf wartete hervorzubrechen.

"Mehr als eine Sekte, Mister Wright. Viel mehr. Zu viel, um es einem Außenstehenden anzuvertrauen. Und ich habe Ihnen bereits mehr erzählt, als ich hätte tun sollen. Wenn der Reverend davon erfährt, dann ...", er führte den Satz nicht fort, sondern wandte seine Aufmerksamkeit wieder der vor ihm liegenden Straße zu. Mit einer Hand griff er zum Lautstärkeregler des Radios und signalisierte durch das Erhöhen der Laustärke eindeutig, dass er nicht mehr reden wollte.

Was blieb, waren Swing-Klänge und die wachsende Neugier in Alex.

Ein paar Minuten folgten sie der Interstate. Schweigend. Ein paar Mal überlegte Alex, ob er nicht etwas sagen sollte, um die Situation wieder zu entschärfen. Allerdings wollte er Danny als Quelle für Informationen rund um die sonderbaren Geschehnisse in Whitecoast nicht verlieren. Der Junge hatte etwas zu erzählen. Und er wollte es auch erzählen. Dessen war sich der Schriftsteller mehr als sicher. Es war nur eine

Frage von Zeit und Geduld. Und zumindest letzteres hatte Alex leider nicht im Überfluss.

Die Radiomusik wurde zwischenzeitlich immer wieder durch die Predigten des Reverend unterbrochen und Alex erkannte schon bald, dass es sich bei den Menschen von Whitecoast um jene religiösen Hardliner handeln musste, die nicht einmal das Wort "Gott" in den Mund nahmen, sondern immer nur *ihm* für die gesegneten Fänge ihrer Fischer dankten. Das wiederum tat der Reverend in jeder seiner kleinen Predigten. Die Stimme des Mannes war eindringlich und klar. Ohne Zweifel jemand, der sein Handwerk verstand und es von der Pike auf gelernt hatte.

"Gut, dass Sie sich entschieden haben, sich zu Fuß auf den Weg zu machen. Mich würde es wundern, wenn hier seit gestern Nacht auch nur ein anderes Auto vorbeigekommen ist", lachte Danny.

"Hier ist nicht viel los, oder?"

"Nein. Überhaupt nichts. Seitdem die neue Interstate gebaut worden ist, verirrt sich kaum noch jemand auf die alte Küstenstraße."

Alex ärgerte sich. Hätte er sich nicht auf das Navigationssystem verlassen, sondern eine Karte genutzt, hätte er die andere Straße benutzt. Er wäre dann niemals auf Whitecoast gestoßen. Ihm wäre grundsätzlich wohler zumute gewesen, wenn er durch ein funktionierendes Auto die Möglichkeit gehabt hätte, die kleine Stadt und ihre sonderbaren Bewohner jederzeit zu verlassen.

Dann erreichten die beiden Männer den am Straßenrand stehenden Mietwagen.

"Oje ..." Danny seufzte, als er das Fahrzeug sah. "Warum vermieten die denn keine zuverlässigen Autos? Woher sind Sie noch gleich gekommen?"

"Aus Boston."

"Es ist ein Wunder, dass Sie mit dieser Kiste so weit gekommen sind." Verächtlich spuckte Danny auf den Boden und zündete sich in derselben Bewegung eine Zigarette an.

"Das ist ein hartes Urteil, ohne auch nur in die Nähe des Autos gekommen zu sein", witzelte Alex.

"Das ist nicht nötig. Der Chevrolet Cruze ist in der 2010er Version dafür bekannt, dass ab einer Laufleistung von rund 200.000 Meilen der Anlasser dazu neigt, den Geist einfach aufzugeben. Und wenn die Karre dann ausgeht, bleibt sie das auch." Danny grinste breit und war sichtlich stolz darauf, dass er seine Diagnose so schnell liefern konnte.

Alex war beeindruckt. Er verstand nichts von Autos und ihrer Technologie, doch das, was der Junge dort von sich gab, klang fundiert und durchaus logisch. Er schätzte Danny nicht als einen von den Mechanikern ein, welche die Kosten einer Reparatur künstlich in die Höhe trieben. Und, dass es auch in seinem Interesse war, dass Alex die Stadt bald wieder verließ, war seit dem Gespräch mit Dalen in der Lobby des Seaside House mehr als offenkundig.

"Wie lange wird es dauern, bis ich weiterfahren kann?"

"Ich muss die Ersatzteile in Arkham bestellen und abholen. Ich denke, morgen, spätestens übermorgen sollten sie geliefert werden. Das Einbauen ist eine Sache von ein paar Stunden."

Alex runzelte die Stirn.

"Zwei Tage?"

Danny nickte, während er die Motorhaube entriegelte und sie aufstemmte.

"Ja. Dalen hat heute Morgen erwähnt, dass Sie ohnehin drüber nachgedacht haben, noch ein paar Tage in Whitecoast zu bleiben."

"Schon, ... " Alex zögerte und suchte nach einer passenden Formulierung für den Umstand, dass er sich nicht mehr sonderlich willkommen fühlte. "... doch es schien ihm nicht sehr gefallen zu haben."

"Ich spreche mit Dalen", kam Danny ihm zuvor. "Ich rechne die Reparatur mit der Versicherung der Vermietung ab und schlage ein paar Dollar auf. Immerhin ist der Scheinwerfer vorne links auch kaputt."

Krachend landete ein schwerer Schraubenschlüssel, den Danny aus einer Schlaufe an seinem Werkzeuggürtel gezogen hatte, in dem Scheinwerfer des Chevrolet und Glassplitter regneten auf den sandigen Boden der Parkbucht.

"Damit wären dann auch Ihre Hotelkosten hier gedeckt. Und ich bin mir sicher, dass Dalen einen zahlenden Gast nicht vor die Tür setzen wird." Wieder grinste der junge Mann.

Alex brauchte einen Augenblick, um sich von dem Schreck zu erholen, konnte sich aber in Anbetracht der spitzbübischen Dreistigkeit ein Lächeln nicht verkneifen.

"Ein paar Tage Urlaub können mir mit Sicherheit nicht schaden", lachte er und war froh, auf diese Weise einen Vorwand dafür zu haben, den Geschehnissen in Whitecoast ein wenig tiefer auf den Grund gehen zu können. Seine Neugier war längst stärker geworden als seine Abneigung gegen die Küste. Wie zum Beweis wandte er den Blick dem

Ozean zu, den er bis jetzt gemieden hatte. Das Unbehagen kroch sofort in ihm hoch. Allerdings war Alex nicht bereit, diese Geschichte dafür aufzugeben. Die Aufregung, die er bereits am Morgen verspürt hatte, konkretisierte sich immer mehr und inspirierte ihn stärker, als Autumns komisches Konzept es je vermochte.

"Sie mögen das Meer wirklich nicht, oder?" Erst jetzt bemerkte er, dass Danny einen Schritt hinter ihm stand und ebenfalls auf die ruhige, lediglich sanft im Wind wogende See hinausschaute. Er nestelte an einer der unzähligen Taschen seines Overalls und zog einen abgenutzten Flachmann hervor.

"Nicht im Geringsten. Ich bin in Arkham aufgewachsen und habe während meiner ganzen Jugend nichts anderes getan, als in der Schule zu sitzen oder aber aufs Meer hinaus zu starren."

Zwischen den beiden Männern entstand eine sonderbare Vertrautheit.

Danny schien seine Worte mit Bedacht zu wählen und schraubte wie beiläufig den Flachmann auf.

Zwei Schlucke später schaute er Alex an und fragte zögerlich: "Glauben Sie, dass dort mehr ist, als wir sehen können?" Er deutete mit einer ausladenden Geste zum Ozean.

Alex erschrak, versuchte aber, das aufkeimende Unbehagen zu verbergen.

"Was glaubst du?", entgegnete er.

Plötzlich war da wieder diese tiefe Traurigkeit im Ausdruck des jungen Mannes. Seine schmale Gestalt wirkte aufgrund der nun hängenden Schultern noch viel kleiner und schwächer.

"Ich weiß es."

Mit diesen Worten machte Danny auf dem Absatz kehrt, steckte den Flachmann weg und begann damit, das Abschleppseil am Chevrolet zu befestigen. Alex hingegen blieb stehen und versuchte die Worte des Jungen einzuordnen. Dabei fragte er sich, was genau mit Dannys Freundin geschehen war, denn sie war unweigerlich der Auslöser für die melancholischen Phasen, die der Mechaniker durchlebte. Er musste jemanden in der Stadt finden, der ihm Auskunft geben konnte und beschloss, sich vorsichtig bei Dalen nach der Person in Whitecoast zu erkundigen, die einfach den Mund nicht halten konnte und deren größte Freude es war, die schmutzige Wäsche der Stadt vor Fremden zu waschen. So jemanden gab es in jeder Kleinstadt.

Das Zuschlagen der Motorhaube holte Alex sofort aus seinen Gedanken zurück in die Wirklichkeit. Als er sich umdrehte, lehnte Danny an dem Pickup und zog an einer Zigarette.

"Wenn Sie wollen, können wir noch ein wenig bleiben. Ich habe ohnehin noch zu tun." Aus einer der zahlreichen Taschen des Overalls zog Danny ein orangenes Heft, dass Alex trotz der Ölflecken auf dem Einband sofort als typische Begleitlektüre zu einem Fernstudium identifizierte. In seiner Wohnung stapelten sich Dutzende davon.

Er schüttelte den Kopf und während er an Danny vorbei zur Beifahrertür des Pickups ging, deutete er wie beiläufig auf das Heft.

"Was studierst du?"

Stolz. Anders konnte man Mimik und Körperhaltung des jungen Mechanikers nicht beschreiben.

"Ingenieurswissenschaften. Aber es ist ziemlich hart." Er machte eine kurze Pause.

"Aber der Reverend hat gesagt, dass ich ein kluger Junge sei und gute Chancen hätte, den Abschluss zu schaffen."

Die Männer stiegen in den Pickup.

"Es klingt so, als sei Reverend Whine ein guter Mann."

Danny antwortete nicht, sondern startete stattdessen den Motor und setzte das Gespann in Bewegung, bis sie ruhig und gemächlich in Richtung der Stadt unterwegs waren. Diese Rückfahrt verlief in tiefes Schweigen gehüllt. Einzig das ratschende Geräusch, dass der Verschluss von Dannys Flachmann machte, wenn er ihn aufschraubte, um einen kurzen Schluck zu nehmen, unterbrach von Zeit zu Zeit die beklemmende Atmosphäre im Führerhaus des Pickups.

Jetzt, wo er, den tiefen und regelmäßigen Klang des Motors in den Ohren, ein wenig zur Ruhe kam, spürte Alex den Fußmarsch der vergangenen Nacht plötzlich stärker denn je. Es dauerte nicht lange, bis er, den Kopf an das Fenster gelehnt, eingeschlafen war.

Der Wind zerrte an seiner Kleidung, während er auf den Klippen stand und über das graue Meer hinweg in den ebenso grauen Himmel starrte. Dort, wo eigentlich der Horizont sein sollte, schienen der Ozean und der Himmel miteinander zu einer einzigen grauen Masse zu verschmelzen.

In weiter Ferne glaubte Alex etwas ausmachen zu können, dass sich blass aber sichtbar vor dem übrigen Grau abzuheben schien. Etwas Riesiges. Etwas, das näher kam.

Etwas, das an das Wagenfenster klopfte.

7. Alte Träume, neue Erkenntnisse.

Alex schreckte hoch. Schon wieder.

"Wir sind wieder in Whitecoast." Danny hatte sein strahlendes Lächeln wiedergefunden und öffnete wie ein Chauffeur in einer übertriebenen Geste die Tür des Pickups für seinen Fahrgast.

Sehr schläfrig kämpfte sich Alex aus dem Auto und musste sich an der Karosserie abstützen. Nachdem sich seine müden Augen wieder an das Licht gewöhnt hatten, fand er sich vor dem Seaside House wieder und war froh darüber.

"Ich habe Ihren Wagen bereits in meine Werkstatt gebracht. Wenn Sie wollen, können Sie morgen im Laufe des Tages mal vorbeischauen. Dann kann ich schon mehr dazu sagen, wie lange ich für die Reparatur benötigen werde." Mit diesen Worten winkte Danny zum Abschied und verschwand in seinem Pickup.

Alex beschloss, etwas in dem Diner, das er bereits in der vergangenen Nacht gesehen hatte, zu essen und dann einfach ein paar Stunden zu schlafen. Am frühen Abend würde er in der Werkstatt vorbeischauen. Vielleicht wusste Danny auch, wo man in der Stadt abends ein Bier trinken konnte. Sofern das überhaupt erlaubt war.

Er stieg zügigen Schrittes die Stufen zu seinem Zimmer hinauf, um seinen Laptop zu holen. In der Galerie des oberen Flures ging er ein wenig langsamer und ließ die Augen kurz über die Gemälde schweifen. Jetzt, im Tageslicht, das durch das großzügig bemessene Fenster in den Flur flutete, offenbarten die Kunstwerke ihren wahren Detailreichtum. Einige Ausschnitte waren technisch derartig ausgefeilt, dass man sie bei einem flüchtigen Blick für Fotografien halten konnte.

Unmittelbar vor seinem Zimmer hielt er inne. Die Tür stand offen.

Zögerlich schob er die Tür ganz auf und entdeckte Dalen, wie er über das Bett gebeugt mit dem Rücken zu ihm stand. Genau dort, wo er den Laptop liegen gelassen hatte.

"Entschuldigung." Alex versuchte, seine Stimme fest und selbstbewusst klingen zu lassen, war sich aber im Klaren, dass er dem Riesen im Falle einer Eskalation mit Sicherheit unterlegen war.

In einer Mischung aus Schreck und Empörung drehte sich Dalen so ruckartig um, dass er beinahe über die eigenen Beine gestolpert wäre. Es war ihm nicht möglich, zu verbergen, dass er sich ertappt fühlte.

Stotternd begann er gleich mehrere Sätze, um sich zu erklären.

"Danny hat mir das Gepäck aus Ihrem Wagen gegeben und ich wollte es Ihnen aufs Zimmer bringen", war die Erklärung, für die er sich entschied. Er trat einen Schritt zur Seite und gab den Blick auf das Bett frei, auf dem der Koffer von Alex lag.

"Ich war auch schon wieder auf dem Weg nach unten."

Alex nickte und lachte ein wenig gekünstelt. "Es wäre auch wirklich nicht von Vorteil, wenn Sie Ihren einzigen Gast bestehlen würden", sagte er und versuchte dabei so humorvoll zu klingen, wie es ihm die Situation erlaubte.

Dalen stimmte in das Gelächter ein, wurde rot und machte Anstalten, das Zimmer zu verlassen. Alex wiederum versuchte nicht, den riesigen Portier aufzuhalten.

Rasch schloss er die Tür hinter sich und versuchte sich einen Überblick darüber zu verschaffen, was Dalen in seinem Zimmer gesucht und was er eventuell gefunden hatte.

Der Koffer selbst war mit einem Zahlenschloss versehen, welches keine Anzeichen von äußerer Einwirkung aufwies. Der Laptop lag scheinbar unberührt auf dem Bett, das Gehäuse war kalt. Außerdem traute er dem Portier nicht zu, das Passwort zu umgehen. Die Notizen und seine Unterlagen in seiner Aktentasche waren jedoch offenkundig durchwühlt worden.

Wenn er ehrlich war, wunderte es Alex nicht im Geringsten, dass seine Sachen durchsucht worden waren. Eigentlich hätte er damit rechnen sollen. Aber er würde vorerst keine direkten Konsequenzen daraus ziehen, allein, um seine Nachforschungen nicht zu verraten. Dalen hatte im Zimmer nichts gefunden, das ihn verraten würde. Und außerdem war er einfach zu müde, um eine Diskussion mit dem Portier zu führen.

Alex verschloss die Zimmertür, nahm einen frischen Anzug aus dem Koffer und hängte ihn auf einen der Bügel in dem kleinen Kleiderschrank, bevor er sich aufs Bett legte, um zumindest ein paar Stunden zu schlafen. Inzwischen hatten sich Müdigkeit und Schmerzen in seinem ganzen Körper ausgebreitet. Alex fühlte sich wie ein Wrack. Im wahrsten Sinne des Wortes.

8. Einfach keine Ruhe.

Es klopfte.

Auf dem Rücken liegend hielt er sich das Handy nah vor das Gesicht. Nicht einmal zwanzig Minuten hatte er sich ausruhen können.

"Ja, bitte?", bellte er gereizt und übermüdet.

Dalens Stimme erklang durch die Tür.

"Danny ist unten. Er hat ein paar Fragen zu der Reparatur Ihres Autos."

"Ich bin in ein paar Minuten unten." Noch nie in seinem Leben hatte sich ein Hotelaufenthalt als derartig stressintensiv erwiesen. Genervt rollte Alex vom Bett, zog den frischen Anzug an und warf sich ein wenig Wasser ins Gesicht. Er würde ein paar Tassen starken Kaffee brauchen, um wieder einigermaßen klar denken zu können und den Tag zu überstehen. Der Schmerz in seinem Kopf hämmerte so heftig von innen gegen den Knochen seines Schädels, dass Alex inzwischen Probleme hatte, sich auf den Beinen zu halten. Selbst im Stehen drohten ihm die Augen zuzufallen.

Langsam schleppte er sich den Flur entlang und die Treppe des Hotels hinunter. Niemals im Leben hätte er sich vorgestellt, so müde sein zu können. Es fehlte nicht mehr viel und er würde dafür töten, einfach nur ein paar Stunden schlafen zu dürfen.

Danny begrüßte ihn lächelnd.

„Ich habe ein paar Fragen zur Reparatur Ihres Wagens. Es wäre gut, wenn Sie kurz mitkommen könnten."

Alex schüttelte den Kopf. „Können wir das nicht hier erledigen?", knurrte er gereizt.

„Ich denke nicht. Außerdem benötige ich für die Versicherungsunterlagen Ihre Unterschrift."

„Hättest du die Unterlagen nicht mitbringen können?"

Dann jedoch schaute Alex dem Jungen in die Augen und seine Müdigkeit verflog sofort. „In Ordnung. Ich hole nur kurz meine Tasche und dann können wir los."

Es fiel Alex sofort auf, wie verzweifelt Danny versuchte, sich seine Erleichterung nicht anmerken zu lassen, während er das Hotel verließ.

Dalen schaute Alex versöhnlich an, als Danny das Gebäude verlassen hatte.

„Entschuldigen Sie. Er sagte, es sei wichtig und dass ohne Ihre Unterschrift die Reparatur nicht durchgeführt werden könne." Die Angelegenheit, dass Alex ihn auf frischer Tat ertappt hatte, schien das Gewissen des Portiers wirklich zu belasten.

Alex zuckte mit den Schultern. „Er macht nur seine Arbeit. Und lange wird es wohl kaum dauern", spielte er die Situation herunter, um Dalens Aufmerksamkeit davon abzulenken. Ohne ein weiteres Wort holte er seine Tasche vom Zimmer und ging zum Parkplatz neben dem Seaside House, wo Danny bereits in seinem Pickup auf ihn wartete.

Er stieg ein und schaute den jungen Mann fragend an.

„Nicht hier", sagte dieser leise und fuhr vom Parkplatz und die Hauptstraße herunter, vorbei an dem Stadtplatz und der Kirche. Alex fiel auf, dass Whitecoast größer war, als er bei seiner Ankunft angenommen hatte. Dadurch, dass der Teil der Stadt hinter der Kirche zum Meer hin leicht abschüssig verlief, war er bei Nacht und Sturm von der anderen Seite kaum zu sehen gewesen.

Die Straße verlief entlang einer Reihe der typischen neuenglischen Häuser, die jedoch, je weiter man sich von der Kirche wegbewegte, immer weitere Stufen des Verfalls zu zeigen schienen.

„Whitecoast war früher größer", sagte Danny mit der Stimme eines Reiseführers. „Wir kämpfen in den letzten zehn Jahren mit einer starken Abwanderung." Dabei betonte er das Wort Abwanderung besonders deutlich.

„Abwanderung?" wiederholte Alex. „Die typische Stadtflucht der jungen Generation?"

Danny schüttelte den Kopf. „ICH bin die junge Generation hier in Whitecoast – zumindest der Teil, der denken kann." Mit diesen Worten steuerte er den Pickup zwischen zwei beinahe vollständig verfallenen Gebäuden hindurch in eine kleine Seitenstraße hinunter. Diese Seitenstraße war enger als alles, was von Alex jemals in dieser Art und Weise bezeichnet worden war. Dennoch steuerte der junge Mann das riesige Fahrzeug mit routinierter Sicherheit durch das Gewirr der mit Unrat und Gerümpel vollgestellten Gassen. Bis zu einem kleinen Hof. Abrupt stoppte er das Fahrzeug.

„Wir sind da. Die Werkstatt des Daniel Wilbur Worth." Wieder klang seine Stimme wie die eines Reiseführers. Und wieder tauchte der ramponierte Flachmann in seiner Hand auf.

„Viel Laufkundschaft kommt nicht vorbei oder?", spöttelte Alex, während er das Auto verließ und sich daneben einmal langsam im Kreis drehte. Die ursprüngliche Größe des Platzes war nicht genau zu bestimmen, da sich überall gewaltige Berge von Schrott und Autoreifen häuften. Etwas abseits ihres Parkplatzes standen zwei ausgebrannte Autowracks. Aufeinander. Das schäbige Gelände, das von einem hohen Lattenzaun umgeben war, erinnerte mehr an einen Schrottplatz oder eine Müllkippe als den Hof einer Werkstatt.

„Keine Sorge. Das hier ist der geheime Zugang." Danny grinste, doch sein Gesichtsausdruck verfinsterte sich, als er weitersprach: „Wir haben diesen Umweg gemacht, damit uns niemand zusammen sieht. Es gibt Personen hier in Whitecoast, denen das nicht gefallen würde."

„Fremde sind hier nicht sehr gern gesehen, oder?" Alex runzelte die Stirn.

„Das kann man so auch nicht sagen. Die Stadt lebt vom Tourismus. In den Sommermonaten verdienen wir mehr als genug Bostoner Geld, so dass wir davon das restliche Jahr leben können", trug Danny – Alex wollte sich nicht an den Namen Daniel gewöhnen – vor, während er auf einem alten Ölfass saß und die Beine baumeln ließ.

„Dann liegt es an mir?" Die Frage klang mehr amüsiert als interessiert.

„Touristen kommen nach Whitecoast, mieten ein Zimmer bei Dalen, kaufen ein wenig Kitsch in unseren Läden und essen in unseren Restaurants. Dann fährt der alte Matthews sie raus aufs Meer und zeigt ihnen die Teufelsklippen. Nach einer Woche sind sie dann um ein paar hundert Dollar ärmer und wieder verschwunden."

Danny machte eine Pause und zündete sich eine Zigarette an, bevor er weiterredete.

"Sie stellen keine Fragen."

„So sind Touristen nun mal", entgegnete Alex und lächelte dünn.

"Ich glaube, Sie verstehen nicht. Was Sie vielleicht für die Verbohrtheit von Hinterwäldlern halten, ist in Wirklichkeit um einiges größer, als einfach nur die Abneigung gegenüber Fremden."

Die Worte des jungen Mechanikers ließen die Neugier des Schriftstellers beinahe überkochen, doch er versuchte, sich zusammenzureißen.

Danny deutete auf eine Tür, die Alex aufgrund der Reifenstapel und eines uralten Getränkeautomaten nicht gesehen hatte.

"Lassen Sie uns in der Werkstatt weiterreden."

Er folgte Danny durch den Unrat zur Tür und betrat nach ihm die Werkstatt. Entgegen der Erwartung, die sich aufgrund des chaotischen Zustands des Hofes in ihm aufgebaut hatte, herrschte in der Werkstatt eine tadellose Ordnung. Der Boden war sauber und die Werkzeugwagen ordentlich bestückt. Der Raum war groß genug, um neben der Hebebühne großzügig Platz für ein weiteres Fahrzeug zu haben. Die Ordnung und die Sorgfalt, die für Danny charakteristisch zu sein schienen, waren bewundernswert.

Der Chevrolet von Alex stand mit offener Motorhaube neben der Hebebühne, flankiert von zwei Werkzeugwagen.

Danny führte Alex in einen kleinen Nebenraum, der von dem Mechaniker als eine Mischung aus Pausenraum und Büro genutzt wurde. Auch hier setzte sich die Ordnung fort. Papiere lagen entweder sauber gestapelt in Ablagen oder waren in Ordner verstaut. Auf dem Schreibtisch stand ein nicht mehr ganz aktueller Laptop.

"Können Sie vergessen. Internet gibt es seit Wochen nicht", kommentierte Danny den fragenden Blick des Schriftstellers ein weiteres Mal, bevor dieser seine Frage überhaupt formuliert hatte.

"Dalen hat gesagt, dass der Sturm die Telefonleitung zerstört hat."

Danny lachte gekünstelt.

"Natürlich hat er das. Das tut er immer, wenn sich jemand außerhalb der Saison hierher verirrt."

Alex war ehrlich schockiert.

"Kein Telefon, kein Internet. Die Kommunikation mit der Außenwelt ist doch arg eingeschränkt."

"Wird." Danny setzte sich und steckte sich eine neue Zigarette an.

"Wie bitte?"

"Die Kommunikation WIRD arg eingeschränkt."

"Durch den Reverend?" Mit dieser Frage hatte Alex alles auf eine Karte gesetzt. Doch Danny warf ihn nicht raus. Stattdessen zog er ruhig an seiner Zigarette und nickte, bevor er beinahe flüsternd hinzufügte: "Zumindest teilweise." Dann verfiel er wieder in Schweigen und machte sich an einer kleinen Kaffeemaschine zu schaffen.

"Teilweise?"

"Ja. Würde der Reverend sowas auf eigene Faust durchsetzten wollen, würden die Menschen Whitecoast einfach verlassen. Doch die Menschen hier haben sich mehr oder weniger freiwillig dazu entschlossen, in der Isolation zu leben."

Es war also wirklich eine Gruppe von religiösen Spinnern. Alex verglich den Lebensstil der Menschen in Whitecoast mit dem der Angehörigen der „Father and Judge Church", über die er vor einiger Zeit einen Artikel gelesen hatte. In einer Gesellschaft, die derartig komplex war, stellte es keine Seltenheit dar, dass sich Geheimgesellschaften und Kulte bildeten. Dies lag ebenso in der Natur des Menschen wie das Streben danach, Dinge zu verbergen, die man für bedeutungsvoll hält.

„Möchten Sie auch einen Kaffee?" Alex fuhr zusammen, als er die Stimme des Jungen hörte. Geistesgegenwärtig nickte er, ohne wirklich sicher zu sein, ob er, so tief in Gedanken versunken, überhaupt verstanden hatte, was man ihm angeboten hatte.

Danny reichte ihm eine große Tasse und die beiden Männer setzten sich auf die einzigen Stühle im Raum. Aus einer tiefen Rollschublade unter dem Schreibtisch zog er eine halbleere Flasche hervor, deren äußere Form und die Farbe des Inhalts zumindest vermuten ließen, dass es sich hierbei um Whiskey handelte. Ein Etikett hatte sie nicht. Mit zwei Fingern öffnete der junge Mann die Flasche und füllte die Kaffeetasse großzügig mit dem Alkohol auf. In einer anbietenden Geste deutete er mit der Flasche auf Alex, welcher jedoch mit einem leichten Kopfschütteln verneinte. Mit einem Bleistift begann Danny in seiner Tasse zu rühren.

Nach einem Moment der Stille begann Danny dann zu erzählen.

„Wissen Sie, der Reverend nimmt seine Rolle als Vater der Gemeinde sehr ernst. Die Kirche ist die zentrale Institution hier in Whitecoast. Und egal, welches Anliegen man hat, er ist die erste Anlaufstelle. Wenn der Reverend nicht möchte, dass man ein Haus baut, baut man kein Haus. Wenn der Reverend nicht will, dass man Kinder hat, hat man keine

Kinder." Danny machte eine Pause, sein Blick verfinsterte sich.

„Und wenn der Reverend nicht will, dass man sein Glück findet, findet man sein Glück nicht."

Eine weitere Pause. Seine Augen wurden glasig.

„Oder er nimmt einem das Glück weg."

Danny klammerte sich mit beiden Händen an seine Kaffeetasse, als wäre sie so etwas wie sein Anker und würde ihn hier in dieser Welt halten.

„Katelyn?" fragte der Schriftsteller im verständnisvollsten Ton, zu dem er in der Lage war.

Nicken.

Danny starrte an einem Punkt irgendwo neben Alex' linker Schulter.

Für einen Moment jagten alle möglichen Szenarien über das Schicksal des Mädchens durch den Kopf des Schriftstellers, doch er schwieg.

Unter seinem T-Shirt zog Danny eine Kette hervor, an der ein blauer Anhänger baumelte. Erst beim zweiten Hinsehen erkannte Alex, dass es sich um einen USB-Stick handelte. „Ich kann und will die Geschichte nicht erzählen." Er warf Alex den Stick zu und dieser fing ihn auf. „Aber ich habe damals so etwas wie Tagebuch geschrieben."

Alex schaute ihn fragend an.

"Der Reverend mag seine Spitzel überall haben und auch nicht davor zurückschrecken, Schreibtische durchwühlen zu lassen. Aber den hier trage ich immer bei mir."

"Und warum vertraust du mir? Was macht dich so sicher, dass ich dich nicht hintergehe?"

"Sie sind nicht aus Whitecoast. Das ist Grund genug für beides." Danny grinste. Erneut. "Schauen Sie sich bitte die Dateien an. Wenn Sie dann immer noch Interesse daran haben, hinter die Kulissen zu schauen, kommen Sie heute Nacht so gegen 01:00 Uhr zum alten Rathaus." Mit einem Kugelschreiber begann Danny eine Karte auf einem Stück Papier zu skizzieren.

"Ich bin nur ein Schriftsteller. Was könnte ich schon tun?"

Danny blickte von seiner Skizze auf. Sein Gesicht war ausdruckslos.

"Lesen Sie das", er deutete auf den USB-Stick. "Und Sie werden feststellen, dass Sie nichts tun können."

9. Die düstere Wahrheit.

Im Diner angekommen, suchte sich Alex einen freien Tisch und nahm auf einer der so typischen roten, weich gepolsterten Lederbänke Platz. Der Weg von der Werkstatt hierher war ohne besondere Vorkommnisse verlaufen. Phasenweise hatte Alex das Verhalten der Menschen, denen er begegnet war, sogar für freundlich gehalten.

Das Diner war für eine Stadt wie Whitecoast ein wenig zu groß. Die L-förmige Bauart verstärkte diesen Eindruck noch zusätzlich. Die der Straße zugewandte und die daran angrenzende Seite bildeten eine ununterbrochene Fensterfront mit Ausblick auf die Hauptstraße und in einiger Entfernung den Stadtplatz und die Kirche. Gegenüber der Fensterfront zog sich über die gesamte Länge des Ladens ein Tresen, an dessen Verkleidung jene appetitanregenden, aber unrealistischen Fotos der Speisen und Getränke auf der Karte prangten, die man an so einem Ort erwartete. Insgesamt war das Diner genauso eingerichtet, wie man es sich vorstellte, bis hin zu der Kuchenplatte mit dem obligatorischen Blaubeerkuchen auf dem Tresen. Auch wenn Möbel und Einrichtungsstil ein wenig in die Jahre gekommen waren, war alles in gutem Zustand und sorgfältig gepflegt worden.

Die Kellnerin, eine sehr beleibte Frau um die Fünfzig, kam zügigen Schrittes an seinen Tisch, noch ehe er sich richtig hingesetzt hatte. Ihr Namensschild wies sie als Ruth aus.

„Na, mein Schöner, was darf es denn sein?" Sie versuchte, ihn verführerisch anzulächeln und Alex glaubte in ihren Zügen und dem Funkeln ihrer Augen erkennen zu können, dass sie vor langer Zeit einmal ein bezauberndes Mädchen gewesen sein musste.

Alex lächelte sie an.

„Was können Sie denn empfehlen?"

„Auch wenn die Saison vorbei ist, hat der alte Matthews ein paar Prachtexemplare mitgebracht, heute. Daraus koche ich unser im ganzen Land berühmtes Hummerragout."

Wie sollte es auch anders sein? Manchmal drängte sich Alex der Verdacht auf, dass man sich an dieser Küste ausschließlich von Hummer ernährte. Und von dem berühmten Hummerragout aus Whitecoast hatte er selbstverständlich noch nie etwas gehört. Doch letztendlich ließ er es auf einen Versuch ankommen. Sein knurrender Magen machte ihm jegliches logische Denken unmöglich.

„Das klingt gut. Und dazu ein Bier."

„Kommt sofort, Schätzchen." Mit diesen beinahe gezwitscherten Lauten zog sie von dannen und ließ einen fassungslosen Alex an seinem Tisch zurück. Er konnte es einfach nicht glauben, wie sehr in diesem Diner alles dem gängigen Vorurteil entsprach. Würde er diesen Ort als Schauplatz in seinem Roman verwenden, würde seine Leserschaft ihn für so viele bestätigte Klischees auslachen.

Er hatte seinen Platz bewusst so gewählt, dass er, ohne den Kopf drehen zu müssen, die Hauptstraße entlang schauen konnte. So konnte er sich einen Eindruck davon verschaffen, dass man den Menschen nicht auf den ersten Blick ansah, dass sie von einem religiösen Patriarchen regiert wurden, während er den Laptop aus der Tasche zog und hochfahren ließ.

Mit kaum spürbar vor Aufregung zitternden Fingern nahm er den USB-Stick von Danny aus der Brusttasche seines Hemds und betrachtete das alte Gerät aus transparentem blauen Kunststoff. Nicht im Entferntesten konnte er sich vorstellen, was er hier zu lesen bekommen würde.

Fast schon andächtig schob er das Speichermedium in den dafür vorgesehenen Port an seinem Laptop.

Mit einer leisen Fanfare meldete der Computer, dass er einsatzbereit war. Reflexartig klickte Alex das Icon für die Drahtlosverbindungen an, doch selbstverständlich gab es – wie in ganz Whitecoast – auch in diesem Diner keine Verbindung zum Internet.

Als die Kellnerin sein Essen brachte, erkundigte sich Alex nach dem Telefon, bekam als Antwort jedoch wieder nur die Geschichte von dem schlimmen Sturm zu hören, die er bereits kannte.

Genervt davon, sich immer noch nicht mit Autumn in Verbindung setzen zu können, nahm er einen kräftigen Schluck von seinem Bier.

Während er halbherzig mit der Gabel auf dem Teller zwischen zumindest optisch sehr ansprechendem Hummerfleisch und den zerkleinerten Stücken von Zwiebeln, Möhren, Fenchel und Porrée herumstocherte, überflog Alex den Inhalt des USB-Sticks. Neben zahlreichen geschäftlichen Dokumenten der Werkstatt fand er auch einige Fotos auf dem Speichermedium. Mit einem verstohlenen Blick versicherte er sich, dass er keine ungewollten Zuschauer hatte und schaute sich die einzelnen Bilder fast schon hastig an.

Viele waren Nachtaufnahmen, augenscheinlich mit einer schlechten Kamera von jemandem angefertigt, der keine Ahnung vom Fotografieren hatte. Blitzlicht war nicht benutzt worden. Schmunzelnd musste Alex an die Bilder denken, die er in der letzten Nacht aufzunehmen versucht hatte. Auch die Motive ähnelten sich. Dannys Bilder waren aus größerer Entfernung und aus ebenerdiger Perspektive aufgenommen worden. Ansonsten waren sie genauso unbrauchbar, wie alles das, was Alex in der letzten Nacht produziert hatte.

Der Stick enthielt auch eine Videodatei. Diese würde er sich jedoch auf dem Zimmer anschauen müssen, da er befürchtete, dass das, was er zu sehen bekommen würde und seine Reaktion darauf Aufmerksamkeit erregen würde. Vielleicht war es Danny sogar gelungen, das Mantra der Kultisten aufzuzeichnen, an dessen Aufzeichnung und Niederschrift er selbst in der Nacht gescheitert war. Wie zur Bestätigung wogte der eingängige Rhythmus der unaussprechlichen Worte durch seinen Kopf.

Alex schloss den Ordner mit den Bildern und dem Video und wandte sich den Textdokumenten zu. Rund einhundert Dateien, alle ordentlich mit Tag und Monat benannt. Seufzend klickte er die ersten Datei an und begann zu lesen, während er sich ein Stück von dem Hummer in den Mund steckte.

Bereits nach dem ersten Absatz verschluckte er sich und begann zu husten. Würgend winkte er mit hochrotem Kopf ab, als die Kellnerin misstrauisch in seine Richtung schaute. Als er sich wieder erholt hatte, klappte er den Laptop zu, warf einen Zwanzigdollarschein auf den Tisch und verließ ohne sich umzudrehen das Diner, nur um direkt auf der Straße wie erstarrt stehenzubleiben.

Die Sonne versank bereits langsam im Meer. Alex war beeindruckt. Whitecoast war wirklich ein malerisches Städtchen. Die Szenerie bildete einen abartigen Gegensatz zu dem, was hinter der Fassade stattfand.

Hastig machte sich Alex auf den Weg zurück ins Hotel. Die wenigen Bilder, die er gesehen hatte, verstörten ihn. Es waren schlecht ausgeleuchtete, grob aufgelöste Aufnahmen, die mehr verbargen, als dass sie zeigten.

Zurück im Hotel erwarb Alex von Dalen wortkarg eine kleine Flasche Scotch und verschwand sofort auf seinem Zimmer. Während er den ersten Schluck aus der Flasche nahm, stellte er den Laptop auf dem rudimentären Schreibtisch ab und fuhr ihn erneut hoch. Das letzte Bild, das er betrachtet hatte, war immer noch geöffnet.

Man konnte deutlich erkennen, dass der Fotograf sich selbst hinter einem großen Gegenstand – vielleicht einem Schrank oder eine Truhe – verbarg. Es zeigte mehrere Gestalten, die mit Gewalt eine Frau in Richtung eines Podests zerrten. Auch wenn Alex die Frau nicht erkennen konnte, weil ihre Züge durch die grobe Auflösung beinahe völlig verschwunden waren, konnte er sich vorstellen, nein, wusste er ganz genau, dass ihr Gesicht eine Mischung aus Panik und Todesangst ausdrückte.

Es folgten mehrere weitere Aufnahmen aus einer ähnlichen Perspektive, die sich ansonsten nicht von der ersten unterschieden. Lediglich auf den letzten drei Bildern waren die Gesichter der Gestalten etwas deutlicher zu erkennen. Eines davon war sogar deutlich genug, als dass Alex der Überzeugung war, den Reverend darauf erkennen zu können. Besonders die eigentümliche Haltung und der Gehstock waren unverkennbar. An der Geste des Reverends erkannte Alex, dass er den anderen Männern Anweisungen gab.

Die schlechte Qualität der Bilder ließ keine Rückschlüsse darauf zu, wo die Aufnahmen aufgenommen worden waren, doch das, was sie zeigten, war eindeutig. Tief unter der Oberfläche der Gemeinde von Whitecoast gab es also tatsächlich etwas, dass sich im Gewirr der Vergangenheit und der Isolation verbarg. Und doch erlangte es eine schreckliche Gegenwärtigkeit, als Alex' Fantasie begann, den Bildern Leben einzuhauchen. All die Jahre hatte er mit der Schilderung genau solcher Szenen sein Geld verdient und jetzt sah er sie auf demselben Monitor vor sich. Nicht einen Moment zweifelte er an ihrer Echtheit oder unterstellte Danny, dass er sich als Niemand aus der Provinz lediglich aufspielen und durch eine erfundene Geschichte ein paar Dollar verdienen wollte.

In diesem Moment klopfte es leise und kaum hörbar an der Tür. Es konnte also nicht Dalen sein, da der dazu neigte, die Tür beinahe einzuschlagen. Zögerlich öffnete Alex die Tür und sah sich zu seinem Erstaunen dem jungen Mechaniker Danny gegenüber.

"Was machst du denn hier?"

Danny blickte sich hastig auf dem Korridor um und trat dann an Alex vorbei ins Zimmer. Dann schloss er leise die Tür, lehnte sich mit dem Rücken daran und atmete tief durch.

"Ich habe von Ihrem abrupten Aufbruch im Diner gehört, als ich dort vorbeischaute, um Sie eventuell zu treffen. Ihr Ausgangsverbot durch den Reverend ist ein offenes Geheimnis in der Stadt."

Jetzt war also die ganze Stadt gegen ihn. Wenn das so weiterging, würden sie ihn bald mit Fackeln und Mistgabeln durch die Straßen jagen.

"Und nun?", erkundigte er sich bei seinem immer noch schwer atmenden Gast.

"Ich bin ums Hotel geschlichen und an der Fassade durch ein offenes Fenster geklettert."

Die Selbstverständlichkeit mit der Danny den Einbruch schilderte, verwunderte Alex nicht im Geringsten. Er konnte sich gut vorstellen, dass jeder Besuch bei der Tochter des Reverends mit einem ähnlichen Abenteuer eingeleitet werden musste.

"Dalen weiß also nicht, dass ich im Hotel bin", fuhr dieser fort. "Und das ist auch gut so, denn wir müssen noch eine Menge besprechen."

"Müssen wir das?" Skepsis beschlich Alex, denn auch wenn die Bilder und das Video im Verbindung mit den Aussagen des jungen Mannes und dem sonderbaren Verhalten der Einwohner durchaus genug Indizien waren, sah er sich noch nicht in der Pflicht sich einzumischen. Sicher trieb ihn die Neugier dazu, im Dreck der Kleinstadt zu wühlen, doch eine grundlegende Veränderung wollte er nicht herbeiführen. Er war Schriftsteller und kein Detektiv.

Ohne auf die Frage einzugehen, begann Danny zu erzählen. Er berichtete Alex, wie er Katelyn kennengelernt hatte, als sie gemeinsam zur Schule gegangen waren und sie in den Höhlen am Strand versteckt gespielt hatten. Er führte aus, wie aus dieser unschuldigen Freundschaft die erste zarte Liebe wurde und wie er und Katelyn gemeinsam in Whitecoast aufwuchsen. Mit besonderer Sorgfalt schilderte Danny die Ereignisse ihres ersten Dates und wie er vor Angst zitternd an der Tür geklopft hatte, um sie abzuholen. Dabei erwähnte er immer wieder, wie erleichtert er war, als der Reverend ihn als Sohn bezeichnet und mehrmals erwähnt hatte, dass Katelyn einen so guten Geschmack habe. Ihre Mutter hatte Danny nie kennengelernt, da Katelyn lediglich wusste, dass sie verstorben war und der Reverend sich in Schweigen hüllte, sobald dieses Thema – bei einem gemeinsamen Abendessen zum Beispiel – zur Sprache kam.

Bis zu diesem Punkt handelte es sich bei der Geschichte um nichts Besonderes. Ein wenig langweilte sie Alex sogar, doch er wollte das Vertrauen des Jungen nicht dadurch zerstören, dass er es respektlos behandelte und eine straffere Wiedergabe der Ereignisse forderte.

Dann jedoch änderte sich die Situation schlagartig. Auch Dannys Stimme klang jetzt weniger verklärt und eher verbittert.

Katelyn habe der Kirche angehört, was in Anbetracht ihre Vaters jedoch nicht verwunderlich war. Sie wollte Danny immer dazu überreden, einmal mit ihr eine der Mitternachtsmessen seines Vaters zu besuchen. Dieser jedoch hatte dies immer abgelehnt. Er war ein relegionsverdrossener Teenager gewesen, der laute Rockmusik und das heimliche Rauchen eines Joints den Predigten des Reverends vorzog.

An dieser Stelle hatte Alex ihn trotz seiner Vorsätze unterbrochen und sich nach den Mitternachtsmessen erkundigt. Zwar kannte er derlei Veranstaltungen aus Boston und New York, die auch berufstätigen Kirchgängern die Chance auf eine Messe und der Kirche die Chance auf eine Kollekte geben sollte, doch insgeheim hegte er die Befürchtung, dass hier in Whitecoast die Intention dahinter eine gänzlich andere war.

Danny bestätigte die Befürchtung direkt in den nächsten paar Sätzen. Er sagte, dass viele Menschen aus Whitecoast in die Kirche gingen und der Reverend dort verhältnismäßig normale Predigten abhielt, aber einige wenige, vielleicht fünfzig oder hundert handverlesene Mitglieder der Gemeinde auch die Mitternachtsmessen besuchen durften. Was genau dort jedoch ablief, konnte oder wollte Danny nicht beschreiben, deutete jedoch mit einem Nicken auf den Laptop. Alex verstand und fragte nicht weiter nach.

Der junge Mechaniker fuhr mit seinen Ausführungen fort und erzählte nun von Katelyns zwanzigstem Geburtstag. Danny hatte sie mit einem Picknick in den Klippen überraschen wollen, doch als er vor der Haustür des Reverends stand, hatte dieser ihn mit knappen Worten abgefertigt und ihm mitgeteilt, dass seine Tochter ab heute keine Zeit mehr für ihn habe.

Bei der Schilderung der folgenden Ereignisse fiel es dem Jungen schwer, die Tränen zu unterdrücken und er musste immer wieder lange Pausen einlegen, um sich zu sammeln.

"Und was dann passiert ist, haben Sie ja auf den Bildern und dem Video gesehen."

Mit diesem Satz schloss er seine Ausführungen und wandte den Blick ab.

Stille kehrte ein. Lediglich der Wind des aufkommenden Unwetters rüttelte von Zeit zu Zeit an den Fenstern.

„Sind Sie nun bereit, mir zu glauben?" Danny sah ihn noch immer nicht an, als er die Frage stellte. In seiner Stimme flackerte für einen Moment eine Mischung aus Klarheit und Entschlossenheit auf.

Alex hörte die Frage, doch er war nicht in der Lage, sie zu beantworten. Leichenblass saß er an dem kleinen Schreibtisch und starrte auf das Display seines Notebooks. Das Video war von einer ähnlich schlechten und groben Qualität, wie sie auch die Fotos aufgewiesen hatten. Der Ton war mehr ein blechernes Scheppern gewesen, so dass es unmöglich gewesen war, auch nur eines der gesprochenen Worte zu verstehen.

Allerdings war Alex fest überzeugt davon, zumindest den Rhythmus des Mantras wiedererkannt zu haben, dass während seiner nächtlichen Beobachtung von der düsteren Prozession vorgetragen worden war. Er hatte die Silben und Wörter in dem Video nicht konkret verstehen können, doch die düstere Ahnung des Wiedererkennens beschlich ihn bereits beim ersten Hören und hielt sich nun – ein Dutzend Wiederholungen später – hartnäckig.

Was genau der jungen Frau widerfuhr, konnte man durch die schlechte Qualität des Videomaterials und die ungünstige Position der Kamera lediglich erahnen. Einmal glaubte Alex, in den blechernen Spitzen der Tonhöhen einen Mädchenschrei zu erkennen, doch bereits bei einer Wiederholung der entsprechenden Stelle im Film erwies sich diese Vermutung als falsch. Die Bösartigkeit, die die nicht einmal dreißig Sekunden lange Aufzeichnung transportierte, lag weit jenseits dem, was Alex auch nur im Ansatz erwartet hatte.

„Ich habe niemals gesagt, dass ich dir nicht glaube", entgegnete er knapp. „Du musst aber nachvollziehen, dass es nicht das erste Mal wäre, dass ein Junge aus einer Stadt wie Whitecoast für ein wenig Aufmerksamkeit sehr dumme Geschichten erfinden würde."

Danny nickte stumm.

„Die wenigsten davon opfern ihre große Liebe einem Kult aus Geisteskranken die eine überdimensionierte Kröte anbeten. Oder?" Dannys Stimme klang verbittert. So verbittert, dass Alex zusammenzuckte, weil er mit einer Reaktion dieser Intensität nicht gerechnet.

„Hören Sie", fuhr er fort, „ich habe alles versucht. Wenn ich mich gegen den Reverend und seine Lakaien aufgelehnt habe, wurde ich zusammengeschlagen oder meine Werkstatt verwüstet. Wenn ich die Behörden informiert habe, sind zwar Beamte aufgetaucht, aber auch schnell wieder spurlos verschwunden."

Alex musste an die „Trophäen" in Trends Wachhäuschen denken und schauderte.

„Wenn ich fliehen wollte, haben sie mich verfolgt und wieder zurückgebracht."

Danny machte einen Moment Pause, bevor er tief Luft holte und fortfuhr: „Nur töten wollen sie mich nicht."

Die beiden Männer schauten sich wortlos an. Lange. Bis Alex das Schweigen brach.

„Und was soll ich tun?"

Einen Moment setzte Danny das Schweigen noch fort, bevor er mehr seufzend als sprechend auf die Frage antwortete.

„Ich habe es ihnen doch vorhin schon erklärt. Sie sind von außen. Man wird ihnen glauben. Diese Monster hier fürchten weder Gewalt noch Gesetz. Die alte Kirche ist doch das beste Beispiel. Wenn man sie niederbrennt, bauen sie einfach auf dem Grundstück nebenan eine neue und verstecken die alten Gewölbe unter der einzigen Einnahmequelle der Stadt. Niemand hätte auch nur im Entferntesten daran gedacht, die Fabrik niederzubrennen, nur weil vielleicht ein paar sonderbare Gestalten im Keller darunter sonderbare Dinge trieben. Oder?"

Das waren zu viele Punkte, bei denen Alex nachhaken wollte. Danny schien das zu spüren und setzte sich aufs Bett. Sein Blick war finster und Alex konnte sich nicht erwehren, ein leichtes Flackern hineinzuinterpretieren.

„Ohne handfeste Beweise wird auch mir niemand glauben. Und die ...", Alex deutete auf den Laptop, „... werden wohl kaum ausreichen."

Danny nickte.

Enthusiasmus ergriff Alex: „Als erstes brauche ich weitere Informationen über Whitecoast. Geschichtliche Informationen, mit denen ich die Bildung eines Kultes belegen kann. Und wir brauchen weitere Fotos und Videos."

Danny nickte erneut.

"Ich kenne ein paar Leute bei der Zeitung. Und Autumn, meine Agentin, hat noch ganz andere Möglichkeiten, die Angelegenheit publik zu machen. Wenn die Öffentlichkeit erst mal auf Whitecoast aufmerksam geworden ist, müssen die Behörden sich der Sache in aller Ausführlichkeit annehmen."

Das Leben kehrte in die Züge des Jungen zurück und Alex selbst war ebenfalls über seinen Plan und die zugrundeliegende Entschlussfreudigkeit erstaunt.

"Heute Nacht ist wieder Messe." Danny hatte sich von dieser Motivation anstecken lassen. "Sie beschaffen die Informationen und ich hole die Kamera."

Alex legte die Stirn in Falten. "Um diese Uhrzeit werde ich keinen Zutritt mehr zum Gemeindezentrum von Whitecoast bekommen. Außerdem stehe ich ja nach wie vor unter dem Hausarrest des Reverends."

„Es gibt keine Chronik von Whitecoast", zerstörte Danny kopfschüttelnd Alex' Ideen, bevor dieser sie ausgesprochen hatte. „Das einzige, was dem zumindest im Ansatz nahekommt, könnte das Tagebuch sein."

„Tagebuch?" wiederholte Alex. „Wessen Tagebuch?"

„Das vom Reverend. Oder von einem seiner Vorfahren. Ich habe es einmal gesehen, als ich bei Katelyn zu Besuch war. Es liegt in einer Vitrine in seinem Arbeitszimmer. Es muss sehr wichtig für ihn sein, denn ansonsten sind Kunst und Dekor in seinem Haus eher verpönt."

„Und was macht es so besonders?"

„Das, was es vor uns verbirgt. Katelyn hat einmal erzählt, dass ihr Vater ihr als Kind jede Nacht daraus vorgelesen hat. Als ich sie gefragt habe, was das für Geschichten seien, hat sie sich herausgeredet und mir keine Antwort gegeben. Aber es muss sehr alt sein. Der alte Allen, unser Dorfsäufer hat einmal erzählt, dass das die einzige Niederschrift von den Ereignissen um 1770 ist."

"Die Ereignisse, die auf den Bildern hier im Flur dargestellt sind?" Mit einer kurzen Bewegung seines Zeigefingers öffnete Alex die entsprechenden Dateien und drehte den Laptop so, dass Danny sie sehen konnte.

"Genau. Und zu deren Ehren das Denkmal auf dem Dorfplatz steht. Niemand sonst wird Ihnen mehr als Bruchstücke dieser Geschichte erzählen können."

"Nur leider wird uns der Reverend das Tagebuch nicht einfach so geben. Wir brauchen also eine alternative Quelle."

Danny schüttelte den Kopf. "Ich war auch nicht davon ausgegangen, dass er es uns einfach so überlassen wird. Aber heute Abend werden er und der größte Teil seiner Anhänger auf der Messe sein. Das heißt, Sie können sich frei in dem Haus bewegen und das Tagebuch stehlen."

„Und warum sollte ich das tun?" Etwa amüsiert darüber, dass er jetzt zu einem Dieb werden sollte, nur weil der Junge es sagte.

„Weil ich das Gefühl habe, dass ich beschattet werde. Sie würde eine längere Abwesenheit bemerken und einfach bei der Werkstatt auf mich warten."

„Auf mich als Fremdkörper in seiner Ordnung wieder Reverend sicherlich ganz besonders achten lassen," entgegnete Alex.

„Das wird wahrscheinlich so sein, aber man denkt, dass sie hier auf dem Zimmer sind. Wenn sie sich vorsichtig durch die Stadt bewegen, wird niemand merken, dass sie überhaupt fort waren."

Diese schlichte Erklärung überzeugte ihn vollständig und die Selbstverständlichkeit, mit der Alex einwilligte, einen Einbruch zu begehen, ängstigte ihn für einen Moment. Und dann gestand er sich ein, dass er auch ohne die Argumente des Jungen losgezogen wäre, um sich als Einbrecher einen Namen zu machen.

"Das Haus ist direkt neben der Kirche. Die Hintertür ist fast nie verschlossen und selbst in diesem Falle wird sie kein Hindernis für Sie darstellen." Mit geschickter Hand zeichnete Danny einen Grundriss des Hauses auf Alex' Notizblock und wandte sich dann zur Tür, um das Zimmer zu verlassen.

Bevor er sie schloss, drehte er sich noch einmal um. "Denken Sie daran, das Hotel durch das Fenster zu verlassen, damit Dalen Sie nicht gehen sieht."

Während Alex die Fassade des Hotels herunterkletterte, verfluchte er seine eigene Leichtsinnigkeit ein ums andere Mal. Welcher Teufel hatte ihn geritten, sich auf diese halsbrecherische Idee von Danny einzulassen? Das romantische Bild des Augenmasken tragenden Gentleman-Einbrechers war nicht ohne Grund aus der Literatur verschwunden. Die Idee für die Geschichte eines Charakters, der tagsüber Schriftsteller war und des Nachts unbezahlbare und einzigartige Monographien aus Museen und privaten Sammlungen stahl, hielt er zur späteren Verwendung fest.

Dann trat er ins Leere und fiel rückwärts den letzten Meter von der Wand. Frust und Scham führten dazu, dass Alex am liebsten laut geflucht hätte, doch Danny war bereits zur Stelle um ihm aufzuhelfen und ihm diese dumme Idee – zumindest für den Moment – mit leisen, aber direkten Worten auszureden.

Nachdem Alex sich versichert hatte, dass er keine Schäden davon getragen hatte, folgte er dem Jungen in eine kleine Ansammlung einzelner Bäume, die in dem sehr ansehnlichen Hof des Hotels standen. Von dort aus ging die Reise weiter über einen Zaun und durch zwei kleinere Seitenstraßen. Dort parkte Dannys Abschleppwagen.

„Ich fahre in die Werkstatt und hole die Kamera und Sie folgen dieser Straße bis zum Ende. So umgehen Sie den Dorfplatz und können sich der Kirche von hinten nähern. Bleiben Sie nah am Gebäude, dann kann man Sie weder aus den Fenstern der angrenzenden Häuser noch aus denen der Kirche heraus sehen."

Die Anweisungen des Mechanikers klangen derartig präzise, dass Alex keinen Zweifel daran hegte, dass er diesen Weg zu Katelyn bereits sehr häufig genutzt hatte.

Die Männer verabschiedeten sich durch stummes Nicken. Während Alex in die inzwischen über die Stadt hereingebrochene Dunkelheit lief, hörte er hinter sich den Abschleppwagen in die entgegengesetzte Richtung fahren.

Alex ärgerte sich, dass er Danny nicht um Werkzeug gebeten hatte. Auch wenn er sich sicher war, es nicht richtig hätte handhaben oder damit sogar eine verschlossene Tür öffnen zu können, hätte es ihn zumindest mit etwas mehr Zuversicht erfüllt.

Die Straßen der Stadt waren feucht vom Regen, der in den Abendstunden gefallen war und scharfe Windböen deuteten bereits an, dass es eine sehr stürmische Nacht werden würde. Im Grunde war das nicht einmal schlecht für sein Vorhaben, denn die Geräusche eines Sturms würden die eines dilettantischen Einbruchs mit Sicherheit übertönen.

Es musste kurz nach zehn sein und weit und breit war keine Menschenseele zu sehen. Dennoch malte sich der Schriftsteller aus, wie die Anhänger des Reverends sich hinter den Fenstern ihrer kleinen Häuser versteckten und ihn auf Schritt und Tritt beobachteten. Wahrscheinlich würden sie ihm im Haus des Reverends auflauern, ihn foltern und umbringen.

Die Bilder, die Alex bei diesem Gedanken durch den Kopf gingen, waren verstörend detailliert und er verfluchte seine ausgeprägte Vorstellungskraft. Allerdings hatte sich seine Fantasie bereits lange nicht mehr in dieser Intensität geäußert. Vielleicht hätte er öfter Straftaten begehen sollen, um diesen alten, aber noch immer funktionsfähigen Motor am Laufen zu halten.

Regen setzte ein. Auf den ersten Blick hatten die kleinen weißen Häuser im Regen, deren Umrisse einzig durch den Schein der alten Straßenlaternen überhaupt sichtbar wurden, etwas Einladendes. Von religiösen Fanatikern und Menschenopfern würde der Betrachter dieser Szene nicht im Ansatz etwas ahnen.

Endlich hatte er die Kirche erreicht. Den Anweisungen des Jungen folgend, drückte er sich wie ein Geheimagent um die zahlreichen Ecken des Gebäudes, bis er das kleine Haus des Reverends sah.

Trotzdem er mit größter Sorgfalt handelte, war der Lärm, den das brechende Glas des kleinen Fensters in der Hintertür machte, überwältigend. Verstohlen blickte der Schriftsteller sich um und hoffte inständig, dass er keine Aufmerksamkeit erregt hatte. Das Letzte, was er jetzt gebrauchen konnte, war jemand wie Trend, der Wachmann von der Fabrik.

Vorsichtig und genau so, wie er es unzählige Male im Kino gesehen hatte, griff Alex durch die eingeschlagene Scheibe und entriegelte die Hintertür. Mit einem leisen Knarren schwang sie auf. Durch die Fenster schien das Licht der entfernten Straßenlaternen ins Innere und tauchte das Haus in ein farbloses Halbdunkel. Schritt für Schritt tastete sich Alex in das Heim des Reverends vor. Soweit Alex es erkennen konnte, war das Haus sehr schlicht, aber überaus geschmackvoll eingerichtet. Mit seinem Handydisplay versuchte Alex noch ein wenig mehr Licht ins Dunkel zu bringen, stellte aber bald fest, dass dies nicht so funktionierte, wie er es sich vorgesellt hatte und ließ von der Idee wieder ab. Das polierte Parkett knarrte bei jedem Schritt, so dass sich Alex wunderte, ob wirklich jede seiner Bewegungen ein Geräusch machen musste.

Anhand der Karte, die Danny ihm gezeichnet hatte, fand er sich in der dunklen und fremden Umgebung zurecht. Ohne Umwege suchte er sich seinen Weg ins Arbeitszimmer des Reverends. Durch das große Fenster am Ende des Raumes sah man das Profil der Kirche. Bücherregale säumten sämtliche anderen Wände des Zimmers.

Alex traute seinen Augen kaum. Was er da sah, war den ersten Zeilen nach zu urteilen, die er überflogen hatte, das persönliche Tagebuch von Artemis, dem jüngsten Sohn von Willroy Burk Whine. Die angestrengt ordentliche Handschrift gehörte damit tatsächlich einem Vorfahren des Reverends. Mit berauschender Neugier setzte er sich an den kleinen Schreibtisch und begann zu lesen. In schwarzem Leder lag das über zweihundert Jahre alte Schriftgut aufgeschlagen vor ihm auf dem Tisch. Seine moralischen Bedenken bezüglich des Einbruchs in der spartanischen Wohnung des Reverends waren spurlos verschwunden. Erst die Bilder, die Danny ihm zur Verfügung gestellt hatte, jetzt das hier. Alex wusste nicht warum, aber er war fest davon überzeugt, dass diese Schrift ihm zumindest einige Antworten auf die zahlreichen Fragen liefern würde, die Whitecoast einzuhüllen schienen wie dornenversehene Schlingpflanzen.

Die zirkusreife Kletteraktion, zu der Danny ihn animiert hatte, barg den Vorteil, dass Dalen nicht bemerkt haben konnte, dass Alex das Hotel überhaupt verlassen hatte. Folglich würde ihn nun auch niemand bei seiner nächtlichen Lektüre stören.

Sollte der Reverend allerdings die Angewohnheit haben, jeden Abend in dem Tagebuch zu lesen, würde er ziemlich bald ein Problem haben. Ein Problem in Form von Trend und Dalen, vor dem er, in Anbetracht der immensen Größe der beiden Männer, sehr dünn und zerbrechlich wirkte.

10. Das Tagebuch des Artemis Whine

17. Januar 1771

Wieder eine Woche, in der ein Händler den Pass überquert hat. Der Hunger zerrt an uns und die Vorräte neigen sich dem Ende. Emily Bishops Vater, der reichste Mann des Dorfes soll auch nichts mehr haben, sagt Mutter. Vater sagt immer wieder, dass wir fischen müssen, wenn wir überleben wollen. Doch um diese Jahreszeit ist es Selbstmord, sich auf die See zu begeben. Selbst unser Schiff, die „Sunlight", die schon viele Stürme unbeschadet überstanden hat, würde einfach vom Ozean verschlungen werden.

Vater und Mutter streiten deshalb sehr viel.

19. Januar 1771

Vater hat gesagt, dass wir eine Chance hätten. Der Wind habe gedreht. Mutter hat geweint, aber der Hunger ist schlimm geworden. Wenn nicht bald etwas geschieht oder der Winter nachlässt, so dass eine Reise über den Pass nicht noch gefährlicher wäre als die Fahrt raus auf die See, sind wir alle verloren.

Matthew hat gefragt, ob wir nicht entlang der „Dead Man's Route" die Küste raufsegeln können. Es würde zwar mehrere Tage dauern, aber wir könnten Boston erreichen und mit genug Nahrungsmitteln zurückkehren. Vater hat gelacht. Wenn nicht die Strömung uns auf das offene Meer herauszerren und versenken würde, würden es die teuflischen Winde und die spitzen Felsen der Küste tun.

Bei der Erwähnung des Namens Matthew stutzte Alex und seine Vorstellungskraft erlaubt sich einen Sprung, der derartig unüblich für ihn war, dass er sich erschrak. Darüber würde er sich später Gedanken machen. Der Wunsch, diese Zeilen zu lesen, war stärker, als jede Vernunft.

20. Januar 1771

Der Sturm tobt wieder stärker und es ist noch kälter geworden.

22. Januar 1771

Der Dorfplatz ist wie ausgestorben. Nur der alte Doggart zieht mit seiner Staffelei umher. Als ich ihn gefragt habe, was ihn bei diesem Wetter vor die Tür treibe, hat er nur gesagt, ich solle mich um meine Angelegenheiten kümmern und nach Hause gehen. Der Alte ist sonderbar. Emily Bishop hat gesagt, dass sein ganzes Haus voller Bilder vom Hafen und der Stadt selbst ist. Er macht mir Angst.

27. Januar 1771

Matthew ist sehr krank geworden. Er hat starkes Fieber und phantasiert über die sonderbaren Wesen aus dem Meer, von denen die Alten in der Taverne immer erzählen. Doktor Barnickle sagt, dass er ihm nicht helfen könne, da die Medizin, die Matthew dringend benötigte, bereits vor Wochen aufgebraucht war und die Lieferung aus Boston stehe immer noch aus.

Wenn nicht bald etwas geschieht, sind wir verloren.

29. Januar 1771

In der letzten Nacht habe ich Vater und Mutter streiten gehört. Vater beabsichtigt wirklich, mit dem Boot die Küste entlang nach Boston zu fahren, um die Medizin für Matthew und einige Vorräte zu kaufen. Am Tag hat Vater dann Geld von einigen anderen im Dorf eingesammelt, um Vorräte für alle zu kaufen. Viel ist es nicht geworden, lediglich ein paar

*Dollar, doch die wenigsten haben überhaupt noch Erspar-
nisse. Diejenigen, die noch etwas haben, zweifeln daran,
dass Vater lebendig zurückkehrt und haben Angst, ihr Geld
damit endgültig zu verlieren.*

Ich kann sie verstehen.

*Vater hat gesagt, dass ich ihn begleiten muss, da er das Boot
bei diesem Wetter kaum alleine auf Kurs halten können wird
und meine Hilfe beim Verladen der Vorräte benötigt.*

30. Januar 1771

*Lange vor Sonnenaufgang sind wir in See gestochen. Der
Sturm hatte sich beruhigt. Zumindest für den Moment. Vater
bestand darauf, die Strömungen an der Küste für ein schnel-
les Vorankommen zu nutzen. Das tat niemand sonst. Denn
auch wenn die Strömung günstig verlief und tollkühne Seemänner erheblich schneller zu ihrem Ziel führte, als es der
Wind ein paar Meilen weiter auf der offenen See tun würde,
waren die Untiefen und die Felsen, die beinahe direkt unter
der Wasseroberfläche lauerten, viel zu tückisch. Man nahm
liebend gerne die doppelte Reisezeit in Kauf, um nicht wie so
viele von ihnen zwischen den Friedhofsklippen auf der
„Dead Man's Route" zu sterben.*

*Die Alten in der Taverne erzählen manchmal von ganzen
Inseln, die der Sturm aus dem tosenden Fluten herauftreibt
und die nur aus scharfkantigen Felsnadeln bestehen würden.
Sie erzählen auch von Dämonen, die dann dort ihr Unwesen
treiben.*

*Solange die See ruhig ist, wechseln wir uns ab, sodass einer
von uns das Boot führt und der andere sich unter Deck ein
wenig ausruhen kann. Ich finde keine Ruhe, denn auch wenn
die See nicht mehr so sehr tobt, wie sie es noch in der Nacht
zuvor getan hat, ist es, als würde sie von außen an den Planken kratzen.*

Ich habe Angst.

31. Januar 1771

Vater und ich haben den gesamten Tag damit zugebracht, das Boot auf Kurs zu halten. Mehrmals habe ich geglaubt, dass wir in den Fluten unser Ende finden würden. Vater hat gesagt, dass er noch nie einen so schrecklichen Sturm erlebt hat. Wir haben die Dead Man's Route während meiner Nachtwache erreicht. Im Schein meiner kleinen Laterne habe ich den verfallenen Leuchtturm entdeckt, der die Einfahrt zur berüchtigten Riffkette kennzeichnete und bereits lange Zeit nicht mehr besetzt ist. Nach der letzten Sturmflut wurde er nicht einmal mehr repariert. Still und tot ragte das löchrige Gerippe dem Mond entgegen.

Ich habe gebettelt, dass wir die Küste anfahren und bis zum Morgengrauen warten sollten, bevor wir die Dead Man's Route durchqueren, doch Vater ist zornig geworden und hat gesagt, dass uns die Zeit davon läuft und wir Matthew zum Tode verurteilen, wenn wir rasten würden. Dann hat er das Ruder übernommen und mit Ausnahme von knappen Anweisungen nicht mehr gesprochen.

Die Durchfahrt selbst ist mir nur noch bruchstückhaft in Erinnerung. Scharfkantige Felsnadeln ragten überall aus dem Wasser und die zahlreichen Wracks kleinerer und größerer Schiffe machten den Ort zu einem Friedhof für die Mutigen oder Leichtsinnigen, die uns zuvorgekommen waren.

Einmal war ich der Meinung, sonderbare Gestalten auf einem Plateau gesehen zu haben, doch das habe ich für mich behalten. Vater hätte mir nicht geglaubt. Und bereits ein paar Stunden später zweifelte ich selbst an meiner Beobachtung.

Hoffentlich überleben wir die Nacht.

02. Februar 1771

Mit Anbruch des neuen Tages erreichten wird das Ende der Dead Man's Route. Vater und ich lagen uns in den Armen, entkräftet und übernächtigt, aber überglücklich darüber, dass wir die tödliche Passage überlebt hatten und die Sunlight kaum beschädigt worden war. Vater hat vor Freude geweint.

Der Himmel war noch immer so bedeckt, dass nur der schwache Schein der Sonne, der durch die grauen Wolken fiel, darauf hinwies, dass es überhaupt Tag war. Und es war kalt. Der Sturm würde nicht lange ruhen und bald mit noch größerer Härte zuschlagen.

Die Felsen lichteten sich. Vater sagte jedoch, dass viele sich durch die trügerische Ruhe täuschen ließen und ein Opfer von gefährlichen Untiefen und Strömungen wurden, weil ihr Leichtsinn überhand nahm und ihr Blick durch das Überleben der Dead Man's Route getrübt war. Dass er recht hatte, bezeugten derartig viele Wracks, Reste von Schiffen und anderes Treibgut, dass man die Wasseroberfläche kaum noch sehen konnte.

Etwas entfernt lag der skelettierte Rumpf eines kleinen Frachters auf einem flachen Felsen, der nur ein paar Zentimeter aus dem Wasser ragte. Als Vater die Szenerie mit dem Fernrohr absuchte, stutzte er und änderte sofort den Kurs. Er habe Schiffbrüchige entdeckt.

Konnte es wirklich sein, dass in der vergangenen Nacht ein Schiff dieser immensen Größe durch den Sturm auf das Riff getrieben wurde und die Wellen es zerstört hatten? In der Taverne habe ich Geschichten über Piraten gehört, die Schiffbruch vorgeben und dann die gutgläubigen Seemänner,

114

die ihnen zu Hilfe kommen wollen, umbringen und ausrauben.

Ein paar Minuten später vertäuten wir die Sunlight an dem Wrack, da ein Ankern in diesem Gebiet aufgrund des felsigen Meeresbodens unmöglich war. Bereits beim Vertäuen des Schiffes konnte ich durch die zerrissenen Planken des Rumpfes die Gestalt erkennen, die Vater dazu veranlasst hatte, hier anzulegen. Sie lag im Schatten des Wracks und wimmerte so schrecklich, dass man es kaum als menschliche Stimme identifizieren konnte.

Vater wies mich an, auf dem Boot zu bleiben und beim geringsten Anzeichen eines Piratenüberfalls und ohne Rücksicht auf sein Schicksal die Reise fortzusetzen und die Mission zu erfüllen. Mit einem Messer bewaffnet verließ er das Boot mit einem Sprung auf den mit Schlick bedeckten Felsen und ließ mich zitternd vor Kälte, Angst und Aufregung zurück. Während ich Vater nicht aus den Augen ließ, verdunkelte sich der Himmel und der Sturm kündigte seine Rückkehr an. Für einen Moment verschwand Vater aus meinem Sichtfeld, als er das Wrack umrundete, um zu der offenbar verwundeten Person zu gelangen.

Dann hörte ich ihn meinen Namen rufen. Ich solle zu ihm kommen und ein Seil mitbringen. Ich zweifelte einen Augenblick daran, ob ich dieser Aufforderung wirklich nachkommen sollte. Vielleicht handelte es sich ja um einen Trick der Piraten, die meinen Vater durch Bedrohung dazu zwangen, mich zu rufen. Als er jedoch seine Aufforderung wiederholte, schnappte ich ein Seil und machte mich halb stolpernd, halb rennend auf den Weg zu ihm.

Mein Vater kniete neben der Gestalt, die noch immer unter Schmerzen heulte. Sein Gesicht war aschfahl. Als ich näher kam, erkannte ich warum und blieb stehen. Panik ergriff mich. Was da zu Füßen meines Vaters lag, war kein Mensch. Es hatte einen dunkelgrünen, vor Feuchtigkeit glänzenden

115

Leib, der noch ein ganzes Stück größer war als Vater. Etwas wie Flossen entwuchs jedem Gelenk und verlieh der Kreatur auf diese Weise ein fischartiges Äußeres. Der Oberkörper ging nahtlos in den sonderbar großen Kopf über, der ausschließlich aus einem senkrechten Maul und zwei schwarzen Augen zu bestehen schien. Die Arme mündeten in gewaltige Pranken mit sechs Fingern. Die Beine der Kreatur waren auf so schreckliche Art und Weise zertrümmert worden, dass ich mich beim Anblick der Wunden würgend abwenden musste. Die Panik, die ich beim ersten Anblick der Kreatur verspürt hatte, verflog sehr schnell wieder. Als Sohn in einer Familie von Fischern war es beinahe eine Tradition, abends am Feuer über die Wesen aus der Tiefe zu sprechen. Warum sollte eine Natur, die so skurrile Geschöpfe wie Oktopoden oder Quallen hervorbringt, nicht auch dieses Wesen geschaffen haben?

Während Vater die Kreatur untersuchte, als handele es sich um einen Menschen, mutmaßte er, dass der Sturm der letzten Nacht tatsächlich einer der schlimmsten der vergangenen Jahrzehnte gewesen sei und wahrscheinlich das Wesen überrascht hatte. So sei es dann auf dem Felsen gestrandet und könne sich nicht mehr aus eigener Kraft wegbewegen. Dabei deutete er auf die zertrümmerten Beine. Vaters Aberglaube war es, der uns veranlasste, das Wesen zu fesseln und gemeinsam in den kleinen Frachtraum der Sunlight zu verstauen. Man müsse die Mächte aus der Tiefe milde stimmen, indem man ihre Wesen wertschätzt. Mit einem einzigen entschlossen Blick wischte Vater meine Einwände und Befürchtungen darüber, die Kreatur könne sich befreien und uns fressen, einfach hinfort.

Nachdem wir unsere Reise wieder aufgenommen hatten, konzentrierten wir uns auf die See und vergaßen das Wesen unter Deck beinahe vollständig.

03. Februar 1771

Kein Sturm! Die See war die ganze Nacht ruhig, so dass sowohl Vater als auch ich ein paar Stunden Schlaf gefunden haben. Unser "Passagier" macht mir Angst, doch das aufklarende Wetter bestärkte mich in dem Glauben, unsere Reise unbehelligt fortsetzen zu können. Ich hatte sogar etwas Zeit, die Angel auszuwerfen und war erstaunt, wie schnell ich wirklich sehr große Seehechte und Makrelen aus dem Wasser zog. Ein Seehecht war so groß, dass Vater schmunzelnd sagte, dass das der größte Fisch sei, den jemals ein Whine in diesem Meer gefangen hatte.

Ich war sehr stolz.

Wir benetzten das Wesen mit Wasser, da wir uns nicht sicher sein konnten, ob es lange ohne sein heimisches Element auskommen würde. Außerdem veränderte Vater die Anordnung der Fesseln so, dass es von dem Teller mit Fisch und etwas Brot, den wir in seiner Nähe platziert hatten, essen konnte.

Auch in dieser Nacht blieb die See ruhig.

03. Februar 1771

Die Morgenstunden verbrachte ich mit Fischen, um meinen Fang in Boston gegen ein paar Cent eintauschen zu können. Der Himmel war klar und die Sonne spendete sogar etwas Wärme.

Gegen Mittag erreichten wir schließlich Boston. Den beeindruckenden Anblick der Stadt und des Hafens konnte ich kaum genießen, da Vater und ich in Windeseile einen Anlegeplatz suchten, Hafensteuer entrichteten und anschließend auf getrennten Wegen die verschiedenen Güter erwarben, die wir für Whitecoast benötigten. Neben Lebensmitteln und Medikamenten kauften wir auch Munition, Lampenöl und andere Dinge des täglichen Gebrauchs. Auffällig war, dass die Händler sich alle über die Erhöhung der Teesteuer be-

117

schwerten und einige sogar hinter vorgehaltener Hand von Aufstand sprachen.

In den frühen Abendstunden hatten wir die Sunlight bis über ihre Grenzen hinaus beladen und hatten keinen einzigen Cent mehr in den Taschen. Mehr als zu irgendeinem anderen Zeitpunkt wurde mir klar, dass das Schicksal unserer Stadt in unseren Händen lag.

Noch in der Nacht traten wir unsere Rückreise an, nachdem wir uns in einer Hafentaverne mit einem kräftigen Eintopf gestärkt hatten. Nach den Entbehrungen der Reise hatten wir uns diese Wohltat wirklich verdient und den heißen Eintopf gierig verschlungen.

04. Februar 1771

Der Wind steht ideal und wir kommen trotz der hohen Zuladung der Sunlight rascher voran, als geplant. Wenn das so bleibt, sollten wir bereits morgen Nacht wieder in Whitecoast ankommen. Das Wetter ist ausgezeichnet.

Ich fange jede Menge Fisch. So viel, dass wir ihn in Netzen außen am Boot verzurren müssen.

Das erste Mal überkommt mich die Angst, dass wir dennoch nicht schnell genug sein könnten und Matthew seine Krankheit nicht überstanden haben könnte.

Ich verdränge diesen Gedanken. Wir werden es auf jeden Fall rechtzeitig schaffen. Zumindest, wenn wir die Dead Man's Route erneut passieren können und es überleben.

Unser Passagier scheint mit seinen Mahlzeiten zufrieden zu sein. Obwohl sich augenscheinlich an seinem Zustand nichts zu ändern scheint, ist der Teller erneut leer gewesen. Manchmal habe ich das Gefühl, das Wesen würde mit mir sprechen. Ein undeutliches Wispern erfüllt dann den Raum.

Wenn ich mich dann umdrehe, liegt es jedoch weiterhin ohne eine Regung zu zeigen auf dem behelfsmäßigen Lager aus Seil, auf das wir es gebettet haben, nachdem wir es aufgelesen hatten.

05. Februar 1771

Heute habe ich den Verband aus Lumpen gewechselt, den wir dem Wesen angelegt hatten, damit es nicht verblutet. Es verwundert mich, mit welcher Selbstverständlichkeit Vater und ich mit diesem fremden Geschöpf umgehen. Aber ich spüre auch, dass ich nicht mehr das typische Gefühl der Freiheit verspüre, das mich früher stets beflügelt hat, wenn ich mit Vater oder Matthew auf der Sunlight durch die Wellen geglitten bin. Seitdem wir jedoch unseren Passagier an Bord genommen haben, ist meine Wahrnehmung des Meeres eine andere geworden. Als wäre es niemals anders gewesen, empfand ich uns nur noch als Gäste in einer Welt, die mir zuvor sogar noch vertraut erschien. Es war ihre Welt. Es musste ihre Welt sein. Und sie beobachteten uns aus der Tiefe. Jeden einzelnen Schritt an der Küste, jeden einzelnen Handgriff auf dem Schiff. Sie duldeten uns.

Ich glaube, dass ähnliche Gedanken meinen Vater plagen, doch er spricht nicht darüber. Insgesamt spricht Vater, seitdem wir das Wesen ans Bord haben, nur noch sehr wenig. Es ist mir nicht möglich zu sagen, über welche Macht es verfügte, wenn es körperlich nicht so schwer angeschlagen wäre, denn es beeinflusste unser Bewusstsein bereits jetzt in einem hohen Maße.

Der Himmel war weiterhin so klar wie an einem Frühlingstag und die Winde waren uns wohlgesonnen. Die Dead Man's Route ist nicht mehr weit entfernt. Spätestens morgen früh würden wir sie erreichen und sich das Schicksal von Whitecoast entscheiden.

06. Februar 1771

Es ist unglaublich! Die Dead Man's Route liegt hinter uns. Die berüchtigtste Passage an der neuenglischen Küste hat sich uns unterworfen, als wären wir den Miskatonic im Sommer hochgesegelt. Vater konnte es kaum glauben und sagte zu mir, dass wir vom Glück gesegnet seien und die einzige sichere Route durch diese todbringende Gegend gefunden hätten.

Das Plateau und das Wrack des Handelsschiffes haben wir bei unserer Durchfahrt allerdings nicht erneut entdecken können. Doch schenkten wir diesem Umstand aufgrund unserer Euphorie keine weitere Beachtung.

07. Februar 1771

Heute Nacht haben wir den Hafen von Whitecoast erreicht.

Noch bevor wir den ersten Schritt auf den Steg gesetzt hatten, kam uns Mutter unter Tränen der Freude entgegengelaufen. Immer wieder rief sie durch den Hafen, dass Matthew noch am Leben sei. Nun wogten die Emotionen auch durch mich und ich konnte die Tränen nicht mehr zurückhalten. Auch in Vaters Stimme hörte ich ein Zittern, als er sich nach dem genauen Zustand meines Bruders erkundigte. Er habe weiterhin Fieber und hätte schreckliche Visionen, die sich mit Stunden der Apathie abwechselten, die mehr als einmal dazu geführt hatten, dass Mutter in einer Schrecksekunde den Eindruck erlangt habe, er sei verstorben.

Die Menschen haben uns gefeiert wie Helden und Bürgermeister Woodpecker hat sogar gesagt, dass man eine Statue zu unseren Ehren errichten wird. Vater und ich waren aufgrund der langen Reise und in Ermangelung von ausreichend Schlaf am Rande unserer Kräfte. Trotzdem entluden Vater und ich die Sunlight ohne die Hilfe der umstehenden Männer, um zu vermeiden, dass jemand auf unseren Passagier aufmerksam wurde. Erst als der Morgen schon wieder dämmerte und die letzten Kisten entladen waren, wagten wir es, den schweren, immer noch lebendigen, aber regungslosen Körper der Kreatur in ein altes Segel gewickelt in unser Haus zu schaffen.

Mutter wäre vor Angst beinahe gestorben und Vater musste lange beruhigend auf sie einwirken und versprechen, dass wir die Kreatur in der Räucherkammer einschließen und die Tür außerdem mit der schweren Werkbank verbarrikadieren. Zur Sicherheit fesselten wir es außerdem mit schweren Ketten. Mehr als einmal hatte Vater versucht, Mutter davon zu überzeugen, dass das Glück uns auf unserer Reise nur deshalb so zugewandt war, weil wir das Wesen gerettet hatten.

Doktor Barnickle hatte mit der von uns mitgeführten Medizin in der Zeit, die wir darauf verwendet hatten, die Ladung der Sunlight zu löschen, Matthew versorgt. Als ich vorsichtig einen Blick in das Zimmer meines älteren Bruders warf, lag er ruhig schlafend in seinem Bett. Nur der Umschlag, den der Doktor ihm angelegt hatte, ließ einen Rückschluss auf seine Krankheit zu.

09. Februar 1771

In der vorangegangenen Nacht habe ich schreckliche Albträume gehabt. Von der Kuppe eines Hügels habe ich auf schemenhafte Umrisse einer riesigen Stadt geblickt, deren schwarze Türme sich endlos in den Himmel erstreckten und sich dort in tentakelartige Auswüchse teilten und nach den Sternen zu greifen schienen. Wahrscheinlich sind diese Träume ein Zeichen der Strapazen der vergangenen Tage.

Langsam kehrte der Alltag nach Whitecoast zurück und so heldenhaft wir empfangen worden sind, vergaßen die Menschen auch wieder, was mein Vater und ich getan hatten.

Vater sagt, sie können nichts für ihren Undank, also hegte ich keinen Groll gegen sie.

Mein Bruder befand sich auf dem Weg der Besserung. Das Fieber ging zurück, doch die schrecklichen Träume schienen zu bleiben. Nachts phantasierte er zusehends heftiger. Einmal hat er Mutter sogar angegriffen, als sie nach ihm sehen wollte. Vater und ich dürfen ihm nicht zu nahe kommen, denn aus irgendeinem Grund scheint das seinen Wahn zu verstärken. Dr. Barnickle ist ratlos hinsichtlich dieser neuen Symptome und sagt immer wieder, dass wir ihn nach Arkham ins Sanatorium bringen sollen. Dort könne man ihm am besten helfen.

Vater und Mutter waren dagegen. Ich mache mir wirklich große Sorgen um Matthew.

Ich traue mich nicht, darüber nachzudenken, ob meine Träume und der neu auflodernde Wahn, zu dem Matthews Fieberphantasien langsam aber sicher zu werden scheinen, in einem Zusammenhang mit dem sonderbaren Wesen stehen, dass Vater und ich von unserer Reise mitgebracht haben.

Nach wie vor halten wir es in der Räucherkammer gefangen. Vater und Mutter streiten sehr häufig deswegen. Mutter verlangt immer wieder, dass wir dem Reverend dieses Geheimnis anvertrauen, doch Vater lehnt dies grundsätzlich ab. Diese Narren würden das Wesen sofort töten, sagt er dann immer. Ich finde es sehr besorgniserregend, dass Vater zum Wohle dieser Kreatur Unfrieden in der Familie in Kauf nimmt.

10. Februar 1771

Das Wesen ist aus der Räucherkammer ausgebrochen! Wir sind ratlos, wie es die Ketten lösen und den Raum verlassen konnte. Es waren Mutters Schreie, die uns in das Zimmer

122

führten, in dem Matthew schlafen sollte. Hätte ich es nicht mit eigenen Augen gesehen, würde ich es nicht glauben. Vater und ich eilten mit Beilen bewaffnet die Stufen hinauf und folgten einer langen Spur einer dickflüssigen, öligen Flüssigkeit von unbestimmbarer Farbe und konnten gerade noch eingreifen, bevor das Wesen über Mutter herfiel. Als wir ihn jedoch angreifen wollten, hielt uns eine mahnende Stimme davon ab. Vater und ich tauschten Blicke aus, doch es war uns nicht möglich, auch nur einen Schritt zu tun oder zumindest herauszufinden, woher die Stimme kam. Das Wesen hatte sich nur mit der Kraft seiner Klauen aus der Kammer befreit und auf den Resten seiner zertrümmerten Beine durch das Haus gezogen und sich neben Matthews Lager niedergelassen. Mutter hatte Angst um meinen Bruder gehabt, so dass sie angespornt durch den Mut der Verzweiflung mit einem Messer auf die Kreatur losgegangen war. Doch bevor sie es erreichen konnte, fiel sie auf die Knie und begann zu schluchzen. Erst verstanden wir nicht, was geschehen war, doch als Matthew sich vom Krankenlager erhob und mit dem Finger auf das Wesen deutete, verstanden wir.

Vater hatte Recht behalten, sich mit dem Wesen aus der Tiefe gut zu stellen.

Es hat sich nicht gewehrt, als Vater und ich es zurück in die Räucherkammer gebracht haben, allerdings haben wir es nicht mehr angekettet, sondern lediglich die Tür mit einem Balken gesichert.

11. Februar 1771

Matthew ist vollständig genesen und über Nacht wieder zu Kräften gekommen. Heute hat er sogar mit uns am Tisch essen können. Vater ist überglücklich. Mutter hingegen ist seither sehr still und meidet Matthew. Beinahe so, als hätte sie Angst vor ihrem eigenen Sohn.

Was genau das Wesen mit meinem Bruder gemacht hat, werden wir wohl nie erfahren, denn die wenigen Details, an die Matthew sich erinnern kann, waren wirre Fieberfantasien von schwarzen Städten mit endlos hohen Türmen.

Ich verschwieg ihm, dass es sich bei dieser Vision wohl kaum um eine Fieberphantasie handeln kann. Er soll sich erstmal von seiner schweren Krankheit erholen.

12. Februar 1771

Es war klar, dass Dr. Barnickle Verdacht schöpfen würde, wenn sein am Vortag nach totkranker Patient über Nacht vollständig gesund wird. Während er sich noch über die Wunder der Medizin ereiferte, saß Mutter nur schweigend am Tisch. Das, was ich gestern noch für Furcht gehalten habe, ist etwas ganz anderes. Scham.

Sie konnte keinen von uns anschauen und sobald der Doktor sie ansprach, ist sie zusammengefahren und hat leise flüsternd Vater gebeten, die Antwort zu geben.

Ich spürte, dass Vater kurz davor war, dem Doktor von unserem Besucher zu erzählen. Der Doktor verhält sich fast schon feindselig, ganz so , als könne er die Präsenz unseres anderen Gastes spüren.

Nur widerwillig verlässt er das Haus, kündigt aber an, in den nächsten Tagen erneut eine Visite durchzuführen.

14. Februar 1771

Vater und ich kommen mit nur geringer Ausbeute vom Fischen heim. Matthew kann uns inzwischen schon wieder bei der Arbeit helfen. Die Bestände rund um unsere Küste bleiben weiterhin verschwunden. Wenn sich nicht bald etwas verändert, werden die wenigen Vorräte, die Vater und ich aus Boston mitgebracht haben, bald aufgebraucht sein. Kurz haben wir darüber gesprochen, ob wir eine erneute Reise wagen sollten, sind dann jedoch zu dem Schluss gekommen, dass wir das Schicksal nicht erneut herausfordern sollten.

17. Februar 1771

Als Vater uns ich vom Schiff heimkommen, ist Dr. Barnickle bereits wieder zu Gast in unserem Haus. Er und Vater verfallen unmittelbar in einen Streit darüber, dass es schlecht sei, Matthew bereits so früh wieder in die tägliche Arbeit einzubinden.

Er werde noch hinter das Geheimnis unserer schwarzen Kunst kommen, hatte der Doktor gerufen, als Vater ihn des Hauses verwiesen hatte.

27. Februar 1771

In den letzten Tagen haben Vater und Mutter viel gestritten. Einmal hat er sie sogar geschlagen, als sie den Vorschlag gemacht hatte, unseren lieben Gast nicht länger zu beherbergen.

Wie kann Mutter so etwas nur sagen?

3. März 1771

Mutter hat Doktor Barnickle unseren Besucher gezeigt! Wie konnte sie nur? Er ist doch verwundet und bedarf unseres Schutzes. Vater hat Mutter schwer gescholten, doch ihr dann Mut zugesprochen und sogar Verständnis dafür gezeigt. Er und ich seien auch verängstigt gewesen, als wir unseren werten Gast auf dem Riff gefunden hatten.

Der Doktor sei entsetzt aus dem Haus gelaufen. Vater und ich müssen verhindern, dass er etwas Unüberlegtes tut, während Matthew die Aufgabe hat, Mutter vor einem weiteren Moment der Schwäche zu bewahren.

4. März 1772

Matthew hat Mutter getötet. Er hat gesagt, dass sie panisch geworden wäre und immer wieder gesagt hätte, dass es besser sei, wenn unser Gast uns verlassen würde. Darauf hin hat er sie erschlagen und die Leiche in die Räucherkammer gelegt.

Er hat richtig gehandelt.

Wir haben den toten Körper von Doktor Barnickle dazu gelegt. Ich glaube, dass die beiden ein Verhältnis hatten und auch Vater hat mehrmals gesagt, dass es an der Zeit sei, dass diese gotteslästerliche Hure in der Hölle schmore.

Im Dorf werden wir unter Trauer erzählen, dass sie gemeinsam nach Boston gegangen, aber womöglich unterwegs verhungert seien. Es sei eine Tragödie für unsere Familie.

Endlich ist der Frieden in unser Haus zurückgekehrt, so dass unser Gast sich wohlfühlen kann. Ist es nicht das Wichtigste?

5. März 1771

Unser Gast hat die toten Körper verspeist. Über Nacht. Ich habe in meiner Kammer die Geräusche der berstenden Knochen und des reißenden Fleisches gehört. Vater hat am Morgen auf die Knochen gespuckt. Den Doktor und Harriet – er hat verboten, dass ich sie weiter Mutter nenne – habe das gerechte Schicksal ereilt und es sei nach ihren frevelhaften Äußerungen das Mindeste, wenigstens als ein Mahl für unseren geschätzten Besucher gedient zu haben.

06. März 1771

Die Fische sind zurück! Das ganze Dorf ist aufgeregt. Die Bestände seien reicher als zuvor. Der Hunger ist endlich vorbei! Vater und ich sind sofort rausgefahren. Ein dritter Mann wäre auf See von Vorteil gewesen, doch Matthew muss auf den Friedhof gehen und sich darum kümmern, Nahrung für unseren Gast zu suchen. Er frisst keinen Fisch mehr.

Die Fische, die wir gefangen haben, sind unglaublich riesig. Viele habe ich noch nie gesehen. Sie müssen aus großer Tiefe stammen.

10. März 1771

Ein Fest in Whitecoast! Die Bürger wollen als Zeichen des Dankes für die reichen Bestände ein Fest veranstalten. Unser Gast verspürt kein Bedürfnis nach Unterhaltung und so werden Vater, Matthew und ich dort nicht hingehen. Diese Stümper dort wissen ja überhaupt nicht, wem sie wirklich danken müssen. Es ist nur der Gnade unseres Besuchers und seiner Dankbarkeit für das weiche Fleisch von Harriet zu verdanken, dass die Fische zurückgekehrt sind. Gesagt hat er das nicht, aber wir wissen es ganz genau.

17. März 1771

Matthew findet kein Fleisch mehr auf dem Friedhof. Die Menschen sind zu gesund und verhungern nicht mehr. Wir sind verzweifelt. Unser Herr muss doch essen!

22. März 1771

Der Herr ist ungehalten darüber, dass wir ihm nur Fisch anbieten können. Im Dorf reden sie davon, dass die Fische verschwunden sind und nur noch totes und verdorbenes Getier an der Oberfläche treibe.

Vater sagt, dass es Matthews Schuld sei, weil dieser sich nicht genug anstrengen würde. Es sei kein Wunder bei dieser

Hure als Mutter. Wahrscheinlich sei Matthew die Ausgeburt der unseligen Beziehung zum Doktor.

Vater hat recht! Deshalb war der Doktor auch so bekümmert um den Zustand des Jungen. Und ich habe mein Leben für diesen Bastard riskiert!

Gemeinsam haben wir Matthew in die Räucherkammer geworfen und die Tür mit dem Balken blockiert. Anfangs hat er noch gebettelt und gewinselt, doch schon bald verging alles Menschliche in seiner Stimme und er schrie vor Schmerzen.

Unser Blut ist nun wieder rein und der Herr ist zufrieden über unsere Entschieidung. Das Fleisch von einstmals Geliebten sei eine Delikatesse für ihn.

27. März 1771

Der Leib unseres Meisters ist so sehr gewachsen, dass wir ihn nicht mehr in der Räucherkammer unterbringen können. Ohnehin war dieses Habitat nicht standesgemäß. Und er ist wieder hungrig. Vater und ich wissen, dass nicht nur die Fische verschwinden werden, sondern auch Krankheit und Seuche kommen wird, wenn wir ihm nicht bald ein Mahl bereiten können.

Vater sagt, dass ich mich zum Wohle der Stadt opfern soll. Er hat Recht. Doch was geschieht mit dem Meister, wenn ich nicht mehr bin und Vater sein Fleisch ebenfalls der Herrlichkeit des Meisters überantwortet hat?

Wir können das nicht zulassen.

28. März 1771

Vater und ich haben den Reverend aufgesucht. Der Keller unter der Kirche ist der einzige Ort, der in seiner Feierlich-

keit der Großartigkeit unseres Meisters gerecht werden kann. Der Reverend war aufgebracht, doch nachdem wir ihm die Finger gebrochen hatten, hat er eingewilligt. Des Nachts haben wir den Meister dann auf einem Wagen in die Kirche geschafft. Sein Leib ist so herrlich und so lebendig, so voll und volumenhaft, dass er sich nicht mehr aus eigener Kraft bewegen kann.

29. März 1771

Nun, da der Meister sein neues Heim unter der Kirche gefunden hat und wir wissen, dass er zufrieden damit ist, können Vater und ich das erste Mal seit Wochen wieder ruhig schlafen. Seine Dankbarkeit berührt uns so sehr, dass wir uns vor dem Zubettgehen in den Armen halten und weinen.

5. April 1771

Vater ist verstorben. Für einen Moment bin ich betrübt, doch dann ergreift mich die Freude, ihm seinen letzten Wunsch erfüllen zu können. Der Meister war über die Maße erfreut und ich weiß jetzt, dass ich in seiner Gunst stehe. Nicht nur heute. Sondern lange, über die Grenzen der Zeit hinaus werde ich sein Werkzeug sein.

Der alte Reverend hat mich bei sich aufgenommen. Seitdem er in Ermangelung von Alternativen dem Meister sein linkes Bein geschenkt hatte, benötigt er meine Hilfe. Der Meister honoriert in seiner grenzenlosen Gnade, dass ich den alten Mann während seiner letzten Wochen auf Erden begleite.

20. April 1771

Ich habe ein Mädchen aus dem Dorf gebeten, mich in die Kirche zu begleiten, um ihr die Herrlichkeit des Meisters zu offenbaren und seinen Hunger zu stillen.

Wir waren so blind! Unser Meister ist viel mehr als fleisch-
gewordene Großartigkeit. Er ist so viel mehr. Die nackte
Angst im Gesicht des Mädchens, als ich ihm zusehen durfte,
wie er sich an ihrem weichen Fleisch gütlich tat, hat mich
berauscht. Die Ehrlichkeit des Handels, den wir stillschwei-
gend mit ihm eingegangen sind, ist unvergleichlich. Wir
versorgen ihn und er versorgt uns. Wie ein gütiger Vater
seine Familie. Er wacht über uns. Unsere Existenz ist ohne
ihn nicht vorstellbar, denn nur seiner ewigen Gnade verdan-
ken wir unser Leben.

1. Mai 1771

Der Reverend ist verstorben. Er hat noch lange gelebt und
wird nun seiner, unser aller Bestimmung zugeführt und den
Hunger des Meisters stillen und damit dazu beitragen, dass
das Überleben von Whitecoast für eine Zeit gesichert ist. Am
Ende ist dies die einzige Tat in seinem Leben, die von Bedeu-
tung war.

9. Mai 1771

Wieder musste ich einen Leib von den Unwürdigen nehmen
um den Hunger des Meisters zu stillen. Es beschämt mich,
ihm nicht gerecht werden zu können. Das Fleisch der Ver-
storbenen rührt er nicht mehr an, doch ich habe nichts ande-
res für ihn. Wenn ich nicht vorsichtig bin, werden die Men-
schen anfangen zu begreifen. Sie sind dumm und unwissend,
doch sie werden verstehen. Auch wenn es mir Schmerzen
bereitet, bin ich dieser Aufgabe alleine nicht mehr gewach-
sen.

20. Mai 1771

Es gab keine Messe mehr, seitdem der Reverend verstorben
ist. Ich habe einige Männer, deren Loyalität gegenüber
meinem Vater ich als unzweifelhaft ansehe, in die Kirche
zusammengeholt und ihnen vom Meister und dem Handel

erzählt. Ich spüre, dass das im Sinne des Meisters war und seine Vorfreude auf sein nächstes Mahl flutet durch mich hindurch, als seien wir eine Einheit.

Bis auf eine Ausnahme waren die Männer sofort bereit für das Überleben von Whitecoast, das Überleben ihrer Familien einen Preis zu zahlen. Und so gründeten wir in dieser Nacht die „Neue Kirche von Whitecoast" zu Ehren unseres Meisters.

Jakobus Worh ist der einzige, der das Glück nicht teilen wollte, doch er war bereit, sein Leben zu schützen, indem er das Geheimnis unserer Kirche bewahren würde.

12. Juni 1771

So viele Fische! Der Meister muss sehr zufrieden sein. Der Reichtum unserer Stadt wächst und als gewählter Reverend habe ich nun genug Geld, das Standbild zu Ehren meines Vaters auf dem Dorfplatz errichten zu lassen.

18. Juni 1771

Der Hunger des Meisters wird immer größer. Beinahe in jeder Nacht müssen wir einen weiteren Unwürdigen aus den Straßen der Stadt in den Tempel unter der Kirche bringen und „Das Mahl" zelebrieren.

Die Menschen beginnen zu reden, doch der Wohlstand hält sie von weiteren Taten ab. Noch.

5. Juli 1771

Der Meister verlangt jetzt bereits zwei von ihnen am Tag. Wir können ihm doch nicht gerecht werden. Immer, wenn wir seinem Wunsch einige Tage nicht entsprechen, verderben die Fische und das Wasser an der Küste trübt sich.

12. Juli 1771

Sie werden die Kirche stürmen! Mit Äxten und Sensen haben sie einen Großteil unserer geheimen Gesellschaft bereits getötet und nun versammeln sie sich vor der Kirche. Ich habe mich in den heiligen Hallen des Meisters verborgen und den Zugang von innen verbarrikadiert. Doch mein Mut sinkt nicht. Die Präsenz des Meisters nimmt mir jede Angst.

13. Juli 1771

In der Nacht habe ich mich aus der Kirche hervor gewagt. Zumindest aus den Resten. Diese Wahnsinnigen haben sie in ihrer blinden Wut einfach niedergebrannt. In den heiligen Hallen blieben der Meister und ich von dem Feuer unberührt. Und haben Zeit genug gehabt, einen Plan zu fassen.

14. Juli 1771

Anstatt mich in den Ruinen der Kirche zu verbergen, stelle ich mich den Bewohnern und werfe ihnen die abgetrennten und zertrümmerten Beine unseres Meisters vor die Füße.

Niemand spricht.

Ich erkläre, dass ich unter einem bösen Zauber stand und nur ihr Mut diesen Bann von mir nehmen konnte. Wieder bei Sinnen habe ich mich gegen den Meister gewendet und ihm die Beine abgehackt. Außerdem gelang es mir, ihn mit schweren Schiffsketten in der Gruft unter der Ruine der Kirche zu fesseln.

Applaus erfüllt den Dorfplatz. Sie glauben uns. Diese Narren!

Ich schildere, wie ich einen Pakt mit dem Meister geschlossen habe. Seine Macht wird uns weiter vor dem Verhungern bewahren und als Gegenleistung würden wir ihn nicht töten

und ihm regelmäßig in einer bestimmten Zeitspanne ein
Opfer gewähren.

Sie fraßen mir aus der Hand, so gierig darauf, zu glauben.
Es war, als würden sie nur einen Vorwand suchen, um ihr
Gewissen zu bereinigen. Und ich war es, der ihnen Absoluti-
on für ihre Gier erteilte. Beflügelt durch die Macht des
Meisters.

Ab dieser Stelle wurden die Einträge unregelmäßiger, die
Handschrift blieb jedoch unverändert. In den folgenden
Jahren dokumentierte der Verfasser neben seinen Lobpreisungen an den Meister auch die Gedanken über eine Mono-
graphie, an der er arbeite und die den sonderbaren Titel
Thaumaturgical Prodigies in the New-England Canaann
trug und sogar 1788 unter dem Pseudonym des Reverend
Ward Philips gedruckt wurde. So erhoffte sich der Verfasser
eine größere Diskretion, sollte man auf die Schrift aufmerksam werden.

Die ritualisierten Morde wurden jedes Mal in aller Ausführlichkeit beschrieben. Auch besondere Vorkommnisse wie
eine Visite durch Regierungstruppen im August 1889 oder
der erste Besuch des FBI 1969 waren dokumentiert worden.
Ereignisse wie die über die Jahrhunderte zahlreichen Hoch-
zeiten wurden hingegen sehr kurz und ohne Emotion notiert.
Auch die Geburten von mindestens zwanzig Kindern seit
Beginn der Aufzeichnung waren mehr der Vollständigkeit
halber als aus wahrem Interesse aufgezeichnet worden.

Der Eintrag vom 17.03.2010 war überschrieben mit
„Katelyns großer Tag", aber die folgenden Zeilen waren leer.
So als bräuchte der Verfasser lediglich die Überschrift, um
sich in der Zukunft an dieses Ereignis erinnern zu können.
Betrachtete man die Bilder und die Videos, bedurfte es auch
keiner weiteren Erläuterung. Alex war zum Ende gekommen, bemerkte jedoch, dass das Tagebuch so angelegt war,
dass selbst nach dem letzten Eintrag – und dieser erregte

seine Aufmerksamkeit ganz besonders – noch mehrere hundert Seiten frei waren und Raum für mehrere Jahrzehnte der Aufzeichnungen boten.

16.09.2011

Ein Fremder ist in die Stadt gekommen. Die Stimmung des Meisters hat sich in Anbetracht dieser Situation sonderbar verändert, doch es gelingt mir nicht, zu begreifen warum. Ich muss Trend anweisen, ihn verschwinden zu lassen, wenn sich die Stimmung des Meisters nicht ändert. In den letzten Jahrzehnten ist seine Macht geschwunden und es bedarf immer größerer Anstrengungen seinerseits, um seine Magie zu wirken. Er darf unter keinen Umständen abgelenkt werden!

Der Fremde muss sterben!

Alex war wie gelähmt. Sollte dieses Tagebuch tatsächlich echt sein, hatte dies zur Folge, dass es sich bei Reverend Whine nicht um einen Nachkommen der für Whitecoast so wichtigen Familie handelte, sondern um den Verfasser selbst. Und das war schlicht und ergreifend unmöglich. Vielmehr vermutete der Schriftsteller hinter dem Tagebuch eine geschickte Manipulation, die einzig und allein den Zweck erfüllte, die Machtposition des Reverends zu stärken. Somit musste es sich bei dem offen erwähnten Unwesen um eine Konkretisierung eines lokalen Aberglaubens handeln, der durch den Reverend als Werkzeug benutzt wurde. Die über Jahrzehnte hinweg konsequent aufrecht erhaltene Isolation der Einwohner und das Erschaffen eines Feindbildes in Form des Staates und der Behörden trug sein Übriges dazu bei, eine Atmosphäre der Furcht zu schaffen, die es den Einwohnern von Whitecoast unmöglich machte, auch nur im Ansatz an der Realität außerhalb der Stadt teilhaben zu können. Ein Schauer überlief ihn, als er in Erwägung zog, dass die Menschen in Whitecoast womöglich bereits seit Generationen in dieser Lüge lebten. Sehr echt hingegen erschien ihm die Absicht, den Fremden, also ihn, zu ermorden. Trotzdem er eigentlich zumindest Anzeichen von Furcht hätte aufweisen sollen, war all das einfach zu weit entfernt, zu unwirklich, um tatsächlich Angst davor zu haben.

Sie würden diesem Treiben ein Ende setzen und diesen unglaublichen Schwindel aufdecken.

Bereits am Klopfen erkannte Alex, dass es Danny war, der mit der Kamera aus seiner Werkstatt zurückgekehrt war. Ohne zu zögern entriegelte er das Schloss und zog die Tür auf.

Der Schreck, der ihm durch die Glieder fuhr, ließ ihn einige Schritte zurück ins Zimmer taumeln. Danny blutete heftig aus mehreren Platzwunden am Kopf. Seine Lippe war gesprungen und sein linkes Auge zugeschwollen.

Noch bevor Alex sich danach erkundigen konnte, was vorgefallen war, packte Danny ihn am Arm.

„Kommen Sie!", keuchte er. „Sie haben mich gefunden. Ich weiß nicht wie, aber sie haben mich gefunden!"

Es muss Alex' fragender Blick gewesen sein, der dem Jungen eine Erklärung abrang, die er offenbar noch nicht liefern wollte.

„Ich bin zur Werkstatt gefahren und habe die Kamera geholt. Als ich wieder vor der Tür war, stand dort auf einmal Trend mit einer Handvoll seiner Schläger. Sie haben mich als Verräter beschimpft und dann damit begonnen, mich in die Mangel zu nehmen." Einem kurzen Hustenanfall folgte ein so heftiges Würgen, dass er sich am Türrahmen festhalten musste, um nicht das Gleichgewicht zu verlieren. Dann spuckte er Blut und Reste von mindestens einem Zahn auf den Teppich.

„Verstehen Sie nicht? Wir haben keine Zeit mehr! Wenn wir nicht jetzt sofort handeln, wird der Reverend alle Beweise und uns beide obendrein in den Fluten verschwinden lassen. Ganz egal, was Sie in dem Tagebuch gelesen haben oder ob Sie mir letztendlich glauben oder nicht. Es spielt keine Rolle. Wenn Sie leben wollen, kommen Sie jetzt mit."

Als Alex nicht auf die Worte reagierte, sprach Danny ihn erneut an: „Kommen Sie schon! Es ist mir gerade so gelungen, diesen brutalen Monstern zu entkommen. Wir werden nicht noch einmal so viel Glück haben!"

Während der Junge sprach, hatte Alex eilig den Laptop mitsamt des USB-Sticks und dem Tagebuch in seine Tasche gestopft und sie sich umgehängt.

„Und wie ist der Plan?" Er versuchte dabei so entschlossen wie möglich zu klingen.

„Erst einmal müssen wir zusehen, dass wir am Leben bleiben. Alles Weitere entscheiden wir spontan."

Was klang wie eine Zeile aus einem alten Action-Film, war – zumindest stellte Alex dies nach kurzem Überlegen fest – ihre einzige Option.

Unter dem Fenster des Zimmers wurden Stimmen laut. Vor allem Trend war es, dessen tiefes Knurren aus der Masse hervorstach. Eine Sekunde lang riskierte Alex einen Blick aus dem Fenster und wunderte sich, keine Mistgabeln und Fackeln zu sehen, dann drehte er sich um und rannte Danny hinterher, der bereits auf dem Flur war und damit auf dem Weg zu dem provisorischen Notausgang, den sie in dieser Nacht bereits einmal verwendet hatten.

„Mein Auto steht dort hinten", rief Danny, als er mehr springend als kletternd auf dem Boden angekommen war. „Wir fahren zur Fabrik, machen ein paar Fotos und sehen dann zu, dass wir von hier wegkommen. Nach Arkham oder Boston, ganz egal."

Gemeinsam liefen die beiden Männer zum Abschleppwagen und erst dort bemerkte Alex, dass Danny den Zaun niedergewalzt hatte und das Fahrzeug mitten im Garten des Hotels mit laufendem Motor parkte.

„Hast du eine Waffe?"

„Nur das hier." Im Laufen zog Danny einen gewaltigen Schraubenschlüssel aus einer Schlaufe an seinem Gürtel. Derselbe, mit dem er den Scheinwerfer des Mietwagens zertrümmert hatte.

Mit röhrendem Motor und durchdrehenden Reifen rasten sie vom Grundstück in eine der Seitenstraßen und von dort aus weiter in Richtung Kirche und östlich an ihr vorbei. Schon bald erhob sich im Licht des Mondes und durch einen Vorhang aus Regen verschleiert der hässliche Bau der Fischfabrik vor ihnen. Im Eingangsbereich konnte man den Lichtkegel einer Laterne ausmachen. Und mehrere Gestalten.

Bevor Danny geradewegs auf die Männer zuraste, griff er über Alex hinweg, öffnete die Beifahrertür und stieß den Schriftsteller einfach aus dem Wagen, bevor dieser überhaupt die Chance hatte, zu reagieren.

„In den Container!" war das letzte, was er von dem Jungen hörte. Der Aufprall war hart gewesen, doch zumindest gebrochen hatte er sich nichts. Hastig blickte Alex sich um. Danny hatte seine Ankündigung wahr gemacht und spontan entschieden.

Ein Müllcontainer! Ohne nachzudenken stemmte Alex den schweren Deckel auf, warf seine Tasche hinein und sprang hinterher.

Der Lärm hallte durch die Straßen, als die Kultmitglieder aus dem Haupteingang der Fabrik stürzten und die Verfolgung von Danny aufnahmen. Der Junge hatte wirklich Mut bewiesen. Und jetzt waren sie hinter ihm her. Langsam schob Alex den Deckel des Müllcontainers auf und schaute durch den Spalt in die von den Lichtkegeln der Taschenlampen zerschnittene Nacht. Die Lichter und die wütenden Stimmen entfernten sich immer weiter. Selbst wenn Danny schnell war und sich vielleicht gut verstecken konnte, würden die Kultisten ihn früher oder später finden. Sein Leben hier in Whitecoast war vorbei. Entweder er entkam und schaffte es, in eine andere Stadt zu flüchten, oder aber sie bekamen ihn zu greifen. Über die Konsequenzen wollte Alex in Anbetracht dessen, was er in dieser abartigen Stadt bereits erlebt hatte, nicht nachdenken.

Als der Lichtschein der Taschenlampen hinter der nächsten Straßenecke verschwunden war, schob Alex den Deckel des Containers ganz auf und stieg heraus. Durch das geschickte Ablenkungsmanöver des jungen Mechanikers hatten die Kultanhänger ihren Versammlungsort Hals über Kopf verlassen. Selbst Trend, der Wachmann, hatte seinen Verschlag verlassen und war dem Jungen gefolgt. Andernfalls würde er wahrscheinlich bereits jetzt auf Alex angelegt haben und seinen toten Körper kurz darauf einfach ins Meer werfen.

Einen Moment blieb Alex an der Treppe zum Haupteingang der ehemaligen Fischverarbeitungsfabrik stehen und versuchte seine Augen an die Dunkelheit zu gewöhnen und gleichzeitig Geräusche von eventuell verbliebenen Mitgliedern des Kultes aus dem Inneren des Gebäudes auszumachen. Schließlich machte er sich auf den Weg die Stufen hinauf durch die offene Tür der Whitecoast-Fish-Food-Factory. Das für die Verhältnisse von Whitecoast riesige Gebäude bestand aus roten Backsteinen mit hohen, rechteckigen Fenstern, die sich beinahe zwei Meter über dem Boden befanden. Sie waren über weite Strecken mit Brettern vernagelt. Das altertümliche Schild über der Tür war stark verwittert und dadurch kaum noch zu lesen. Der äußerliche Eindruck der Fabrik verriet ohne Umschweife, dass sie bereits seit Jahrzehnten nicht mehr in Betrieb war.

Mit der Schulter stemmte Alex die schwergängige Tür gerade so weit auf, dass er sich dazwischen hindurch zwängen konnte. Das Innere der Fabrik war von vereinzelten Glühbirnen erhellt, die in großzügigen Abständen von der Decke hingen. Wahrscheinlich waren sie nachträglich angebracht worden, dachte Alex, als er die einfachen Kabel sah, an denen sie befestigt waren. Der Flur selbst war angefüllt mit Gerümpel, alten Holzkisten und allerlei anderem Unrat. Auf allem lag eine dicke, Jahrzehnte alte Staubschicht. So schnell es ihm möglich war, ohne sich durch Geräusche zu verraten, schlich er durch den Flur. Die Türen, die links und rechts abgingen, waren entweder durch sperrigen Abfall verbarrikadiert oder zeigten aufgrund der Spinnweben an den Klinken, dass sie schon seit langer Zeit nicht mehr geöffnet worden waren. Langsam aber sicher spürte Alex Unbehagen in sich aufsteigen. Das gesamte Gebäude schien diese negative Energie in sich zu tragen und war derartig unheilschwanger, dass Alex ein kalter Schauer nach dem anderen über den Rücken jagte. Instinktiv hielt er Ausschau nach einem Gegenstand, den er als Waffe verwenden konnte. Ob ihm jedoch ein Eisenrohr oder ein Stuhlbein nutzen würde, wenn er sich im schlimmsten Fall einer Vielzahl der blutrünstigen Bürger dieser verfluchten Stadt gegenüber sah, war ihm noch nicht ganz klar. Insgeheim verfluchte Alex, dass er einer der wenigen Amerikaner war, der nicht rein aus Gewohnheit und in Berufung auf seine Rechte eine Schusswaffe mit sich herum trug. Viel hätter er damit jedoch nicht anfangen können. Selbst Autumn war wahrscheinlich eine bessere Schützin als er. Dieser Gedanke verwunderte ihn, denn in seinen – eigentlich in allen – Romanen konnte der Held immer intuitiv mit jeder Art von Waffe umgehen. Niemals wieder würde er solchen Unfug schreiben. Wenn er denn all das hier überlebte und überhaupt JEMALS wieder schreiben würde.

Mit rasendem Herzen erreichte er eine breite Doppeltür mit zwei durch die Jahre und den Staub absolut undurchsichtigen Fenstern.

Was machte er hier eigentlich? Herrgott, er war Schriftsteller. Und nicht einmal einer von den Tausendsassas, die er durch seine Romane jagte. Er war einfach nur irgendein Typ, dessen Talent es war, mehrere Sätze so aneinanderreihen zu können, dass es einen Sinn ergab. Das hier jedoch ergab überhaupt keinen Sinn. Was wollte er beweisen? Egal, was er in den Innereien dieser Fabrik finden würde, wer würde ihm glauben, dass er es wirklich gefunden hatte? Am Ende würden sie ihn für unzurechnungsfähig erklären und einweisen. Und Autumn würde wie eine Hyäne lachend daneben stehen und sich ausrechnen, wie viel mehr Geld ein geisteskranker Schriftsteller bringen würde, als ein gesunder es tat.

Vielleicht sollte er ihr diesen Gefallen tun.

Die karge Beleuchtung der Lampen aus dem Flur quoll wie ein Raubtier aus Licht durch den Spalt der Tür und schien Alex auf seinem Weg in die Dunkelheit hinterher zu kriechen. Und dann blieb es wie an einer Leine einfach stehen, während er sich weiter in die Schwärze bewegte. Vorsichtig setzte er einen Fuß vor den anderen und verzichtete, um sich nicht zu verraten, auf das Licht der Taschenlampe. Trotz der Dunkelheit, die ihn umgab, spürte Alex die Größe des Raumes, durch den er sich langsamer vorantastete, als es ihm selbst lieb war. Die Kultisten würden Danny bald gefasst haben und wahrscheinlich in die Fabrik zurückkehren. Noch immer konnte Alex nicht begreifen, dass Danny sich und seine Gesundheit opferte, nur um ihm die Gelegenheit zu geben, in diese alte Fabrik einzudringen. Es ging dem Jungen bereits seit Jahren nicht mehr um die Rache von Katelyn oder darum, die Wahrheit ans Licht zu bringen. Stattdessen hatte er geduldig darauf gewartet, dass jemand wie Alex sich nach Whitecoast verirrte und bereit war, ihm zu glauben. Einfach nur zu glauben.

Der Raum schien sich endlos in die Länge zu ziehen. Mehr als einmal stolperte Alex über den umherliegenden Müll und fluchte stumm über sein eigenes Unvermögen, sich durch das Dunkel zu bewegen. Einmal quer durch die große Halle hatte Danny gesagt. Dann durch die kleine Tür und die Treppen herab. Dieses Unterfangen stellte sich jedoch in der Praxis als erheblich schwerer heraus als angenommen.

Das Treppenhaus selbst veränderte sich hinsichtlich seiner Architektur. Das ordentliche Mauerwerk aus Backsteinen wurde mit jeder Stufe, die Alex herabstieg, gröber und wich schließlich grob behauenen Blöcken aus Kalksandstein, deren über die Fugen hinaus stehenden Kanten im Laufe der Jahre und Jahrzehnte rund geschliffen worden waren. Die Wendeltreppe wurde immer enger und schien sich endlos in die Tiefe zu schrauben. Alle paar Meter waren kleine Nischen in die Wand eingelassen, in denen auf eisernen Kerzenständern große weiße Kerzen ein schwaches Licht in den Gang warfen, das gerade eben ausreichte, um die Stufen erkennen zu können. Langsam beschlich Alex die Sorge, dass er sich selbst in eine ausweglose Situation brachte, wenn dieser Treppenstieg der einzige Weg in die tieferen Gewölbe darstellte und die Kultisten von ihrer Suche nach Danny zu früh zurückkehrten. Er verließ nun die eigentliche Fabrik und befand sich in dem Segment des Fundaments, das man über den Kellergewölben der alten Kirche errichtet hatte, nachdem diese und der gesamte Stadtteil niedergebrannt worden war.

Nach einem scheinbar endlosen Abstieg gelangte er schließlich an eine schwere hölzerne Tür mit eisernen Beschlägen und einem massiven Riegel, der aufgrund seiner offenkundig industriellen Fertigung deutlich jünger war als der Rest der Tür.

Einen Augenblick blieb Alex vor der Tür stehen und versuchte seinen Herzschlag zu beruhigen. Dannys Erzählungen und die Tagebucheinträge ließen vage Vermutungen zu, was ihn hinter der Tür erwarten würde. Durch seine Verschnaufpause versuchte sich Alex innerlich gegen das zu wappnen, was er sich eigentlich nicht vorstellen konnte. Und gegen das, was er nicht wahrhaben wollte. Trotzdem er sich gegen all das wehrte, was Danny ihm erzählt hatte und was er selbst bereits in Whitecoast gesehen und erlebt hatte, erschreckte ihn seine eigene Bereitschaft und Offenheit, Dinge jenseits seines bisherigen Weltbildes zu akzeptieren.

11. Die letzte Tür.

Gerade, als er die Hände an die Tür gelegt hatte, um sie zu öffnen, hörte Alex eine wispernde Stimme, die seinen Namen rief. Erschrocken fuhr er herum, bereit, sich einer ganzen Schar Kultisten gegenüber zu sehen. Doch der Treppenaufstieg lag weiterhin ruhig und in das schummrige Kerzenlicht getaucht da, wie einen Moment zuvor auch.

„Alexander."

Wieder hörte er die Stimme. Wieder schien sie hinter ihm zu sein. Und wieder war niemand da, als er sich umdrehte. Stattdessen blickte er nur die geschlossene Tür an. Zögerlich streckte Alex erneut die Finger nach der Tür aus, beinahe so, als hätte er Angst, sich an ihr zu verbrennen.

„Nur zu", spornte die geschlechtslose Stimme ihn an.

„Was willst du von mir?", spuckte Alex verächtlich in die Leere und wunderte sich bereits im nächsten Moment darüber, dass er sich durch eine kurze Panikattacke dazu hatte hinreißen lassen. Als ob die Ausgeburt seiner Fantasie ihm antworten würde.

Sie tat es.

„Diese Frage sollten wir dir stellen."

Das Geräusch von Schritten quoll die Treppe herab und hinderte Alex, sich weiter damit auseinanderzusetzen, dass er mit einer Stimme aus dem Nichts redete. Dumpf und entfernt polterten mehrere Männer den Weg entlang, den auch er in den Keller genommen hatte. Alex wusste, dass er nun keine Wahl mehr hatte.

„Richtig", bestätigte ihm die Stimme.

Mit einiger Mühe drückte Alex die Tür auf, nur um in einen weiteren, durch Kerzen erleuchteten Gang zu blicken. Eine Sekunde lang überlegte er, wer dafür verantwortlich zeichnete, all die Kerzen immer wieder anzuzünden. Die Tür hatte von innen weder Klinke noch Griff, so dass Alex darauf verzichten musste, sie hinter sich zuzuziehen. Dabei stellte er fest, dass sie stattdessen zahlreiche Kratzer und Risse aufwies.

„Das waren wir."

Kopfschüttelnd schlich Alex den Gang entlang. Die kleinen Nischen mit den Kerzen wechselten sich nun mit großen horizontalen Aussparungen in den Wänden ab, die sehr an die einzelnen Ruhestätten in einer Gruft oder Krypta erinnerten.

„Du musst dich beeilen. Wir haben nicht mehr viel Zeit."

Ohne genau zu wissen warum, beschleunigte Alex seinen Schritt. Und trotzdem schien sich der Korridor ewig hinzuziehen. Durch die unstete Beleuchtung war es nicht möglich, ein Ende zu sehen.

"Es ist nicht mehr weit. Beeil dich. Sie werden keine Gnade mit dir walten lassen."

Alex ignorierte die Stimme und hetzte nun von einer Lichtinsel zu anderen. Denn auch wenn er es nicht wahrhaben wollte, hatte die sonderbare Stimme recht damit, dass die Kultanhänger ihn schlicht und einfach in Stücke reißen würden, wenn sie ihn zu greifen bekämen.

"Richtig. Genau wie den Jungen. Aber sei beruhigt. Er hat nicht sehr lange gelitten."

Er geriet ins Straucheln und musste sich an der Wand abstützen. Sie hatten Danny wirklich getötet? Und warum glaubte er der körperlosen Stimme? Der Junge tat ihm leid. Gerade als er etwas in die Leere vor ihm sagen wollte, als er auf die Nachricht des Todes reagieren wollte, kam ihm das Flüstern aus dem Dunkel zuvor.

„Dafür ist jetzt keine Zeit.“

Der Schmerz, dass Danny in gewisser Weise sein Leben für ihn gegeben hatte, plagte Alex, doch er überwand sein Bedürfnis, sich einfach am Boden zusammenzukauern und zu heulen. Er trug die Schuld daran, dass dieser vielversprechende junge Mann ums Leben gekommen war.

Endlich erreichte Alex eine weitere Tür, die der ersten insofern glich, als dass sie aus demselben, massiven und vor allem uralten Holz gefertigt worden war. Auch die schweren, eindeutig nachträglich angebrachten Eisenbeschläge waren vorhanden.

Er hörte Stimmen. Nicht das körperlose Flüstern, sondern sehr weltliche Rufe von sehr weltlichen religiösen Fanatikern.

Ohne weiter darüber nachzudenken, warum sie nicht verschlossen war, zog Alex die Tür auf und trat hindurch. Der folgende Raum glich auf den ersten Blick einer Kapelle. Links und rechts von einem breiten Mittelgang waren mehrere Reihen Bänke arrangiert, denen man ihr Alter an durchgebogenen Sitzflächen und den abgenutzten Kanten ansah. Mehrere riesige Feuerkörbe erhellten den Raum gerade genug, als dass Alex die ungefähren Ausmaße erahnen konnte.

Einen Schritt machte er noch in den Raum, dann sah er es, umgeben von flimmernder Luft.

"Willkommen, Alexander."

Es lag einfach da. Auf einem niedrigen Podest, dort, wo man in einer Kirche normalerweise den Altar suchen würde. Und doch war es kein Götze, nicht die Ausgeburt eines geisteskranken Künstlers.

Der Anblick schien wie ein Raubtier über Alex' Seele herzufallen und sie spielend in Fetzen zu reißen. Er geriet ins Taumeln und musste sich an einer der Bänke abstützen, bevor er sich einen Moment später schmerzhaft erbrach. Immer und immer wieder würgte er Blut und Galle herauf, bis er schließlich entkräftet auf die Knie fiel. Kalter Schweiß rann über seine Stirn und es fiel ihm schwer, zu atmen. Nichts, nicht Dannys Beschreibungen, nicht seine unscharfen Fotos hätten ihn auch nur im Ansatz auf diese Verhöhnung der Evolution, der darwinistischen Lehren oder des christlichen Glaubens vorbereiten können. Der aufgedunsene, fette Leib lag auf dem Podest und schien unter dem, was man am ehesten als Atemzüge beschreiben konnte, zu beben. Die fleckige, dunkelgrüne Haut war über und über mit vernarbten Wunden und aufgeplatzten, vor Eiter triefenden Beulen überzogen. Anstelle von Beinen konnte Alex lediglich zwei verkrüppelte Extremitäten erkennen, aus deren Enden auffallende weiße und abgebrochene Knochen ragten. Zwischen den Narben und den Beulen wucherten an mehreren Stellen willkürlich zuckende Tentakel aus dem Leib der Kreatur. Einige waren nur einige Zentimeter lang und dünn wie Finger, andere waren massig und lang. Ihre hellere Unterseite war von mehreren runden Öffnungen bedeckt, die sich wie Mäuler öffneten und schlossen. Auch ohne dass der riesige Leib sich auch nur im Ansatz bewegte, entstand durch das Zucken und Wimmeln der Fangarme der Eindruck, als hätte Alex es nicht nur mit einem einzelnen Lebewesen zu tun, sondern mit vielen. Links und rechts baumelten im Kontrast zu den Tentakeln erschreckend leblose Fortsätze, die man verglichen mit der menschlichen Anatomie und mit viel

Wohlwollen als Arme bezeichnen konnte. Sie mündeten in gewaltige, sechsfingrige und klauenbewehrte Pranken.

Alles an diesem Ungetüm, mochte es doch die Masse eines kleinen Autos haben, wich so drastisch von allem Bekannten und Erforschten ab, dass Alex sich dabei ertappte, zwischen seinen Würgeanfällen unwillkürlich und voller Unverständnis zu kichern. Und immer wieder wünschte er sich, dass er auf den Portier gehört und Whitecoast bei der ersten sich bietenden Gelegenheit verlassen hätte.

Schlimmer noch als der absurd geformte und gleichermaßen lebendige wie tote Leib und der Umstand, dass so etwas einfach nicht existieren durfte, war der Kopf der Kreatur. Denn er offenbarte schonungslos und in vollem Ausmaß, dass hier nicht zwei Spezies aufeinander trafen, sondern zwei Welten. Der Hals ging nahtlos aus dem Körper hervor und mündete in einer senkrecht verlaufenden, mit spitzen Zähnen gefüllten Öffnung, die sich in unregelmäßigen Abständen öffnete und schloss. Unmittelbar darüber glotzten zwei faustgroße, schwarze Augen Alex ebenso unverhohlen wie ausdruckslos an. Rund um die Augen wucherten dieselben Tentakel aus dem Schädel des Monsters, die bereits seinen Leib mit abartigem Leben überzogen.

Erneut begann er zu würgen. Der Schweiß rann ihm in breiten Rinnsalen über die Stirn. Unter Aufbietung all seiner Willenskraft klammerte sich Alex an die Realität, als sei sie ein Rettungsring. Er spürte, wie er unendlich langsam in den Wahnsinn driftete. Die Erinnerungen, die seine Realität ausmachten, entglitten ihm Stück für Stück. Seine Examensfeier. Die Party am Tage seiner ersten Romanveröffentlichung. Aber auch das Gespräch mit Autumn und seine Reise nach Whitecoast. Alles verblasste, wirkte plötzlich wie die Kulissen eines billigen Films. Und einen Moment später fielen eben diese Kulissen in sich zusammen und offenbarten ihm einen schrecklichen Einblick in die Farce, die er bis jetzt für sein Leben, für seine Wirklichkeit gehalten hatte.

Dann kam die Leere.

Sämtliche Bilder und Erinnerungen waren schlagartig verschwunden. Mit ihnen allerdings auch der Ekel und die Abscheu vor der Fremdartigkeit des Wesens, das ihn nach wie vor anstarrte. Wie seine Erinnerungen verlor auch alles um ihn herum an Farbe und verschwamm zu einem farblosen, jedoch schreiend grellen Durcheinander. All das wunderte Alex überhaupt nicht. Im Gegenteil. Er begrüßte die sonderbare Ruhe, die dieses Chaos mit sich brachte.

Das einzige Geräusch war das Hämmern in seiner Brust.

"Wir kennen dich, Alexander. Wir haben dich schon einmal gesehen." Die Worte schienen Alex stumm und klanglos zu umgeben, wie die Luft.

"Du musst keine Angst haben. Du wirst uns für den Rest deiner weltlichen Existenz fürchten, aber du musst JETZT keine Angst haben."

"Wer bist du?" Plötzlich erfüllt von einer maßlosen Verachtung für die blasphemische Existenz des Monsters vor ihm spuckte Alex die Worte aus, als seien sie etwas Giftiges, dass ihm in den Mund geraten war.

"Ihr Menschen mit eurem Hang dazu, die Dinge zu personalisieren und ihnen Namen zu geben."

"Wer bist du?", wiederholte Alex seine Frage, mutiger und mit mehr Nachdruck, als er sich selbst zugetraut hatte. Und erst jetzt bemerkte er, dass sich seine Lippen dabei nicht bewegten. Hoch konzentriert setzte Alex einen Fuß vor den anderen, musste sich dabei jedoch weiterhin an den Bänken abstützen.

"Komm nicht näher." Es war nicht möglich, zu identifizieren, ob es sich bei der Äußerung des Wesens um einen Wunsch, eine Bitte oder einen Befehl handelte. Der tonlosen Stimme fehlte jegliche Tonalität. Und doch erschien es Alex in diesem Moment als das Plausibelste, was er tun konnte. Mehr noch, es erschien ihm als das Plausibelste, dass jemals jemand würde tun können. Dennoch sträubte er sich, setzte sich über die Worte des Wesens hinweg und machte einen weiteren Schritt.

Eine schwere Kette klirrte, als das Monstrum langsam und bedächtig eine Hand hob. War es angekettet oder handelte es sich dabei um eine sonderbare Art von Schmuck?

Mit einer wischenden Bewegung der Pranke kehrte der Wahnsinn zurück. Augenblicklich sackte Alex wieder auf die Knie und sah sich wieder mit den Trümmern der Kulissen seines Lebens konfrontiert.

"Ihr Menschen seid so schlicht. Euer ganzes weltliches Leben verbringt ihr mit der naiven Suche nach Antworten. Und wenn man sie euch schließlich zugesteht, zerbricht euer schwacher Geist daran."

Mit einem geräuschvollen Rasseln der Kette senkte das Wesen den unförmigen Arm wieder. Schlagartig normalisierte sich Alex' Zustand. Mit letzter Kraft zog er sich auf eine der Bänke und ließ sich keuchend nieder. Wie viel Zeit war vergangen, seitdem er diese düstere Abtei betreten hatte? Müssten die Kultanhänger nicht bereits den Raum gestürmt haben?

"Sie werden nicht kommen. Noch nicht."

"Hast du es ihnen verboten? Sind sie deine Sklaven?"

"Du verstehst es nicht, die Zusammenhänge richtig zu deuten, Mensch. Dein Geist war ein Leuchtfeuer in der tristen

Masse der Menschen hier. Wir hielten dich für stärker. Offener."

Einen Moment herrschte Stille.

"Wir haben uns in dir getäuscht."

"Aber ich bin doch nur ein Schriftsteller."

"Alexander, es ist nicht, was du BIST. Es ist, was du TUST. Schon bei unserer ersten Begegnung haben wir die Möglichkeiten erkannt, die du uns bieten würdest."

Erste Begegnung? Mit panischen Schritten eilte Alex durch die Trümmer seiner Vergangenheit und suchte nach dem Moment, den das Monster – bestimmt nicht zufällig – erwähnt hatte. Sein erster Kus?. Die langen Gespräche mit Clive? Die Stimme der Durchsage im Zug? Und immer wieder Autumns' Lachen.

Doch dann fand er genau das, wonach er gesucht hatte. Zwischen zerrissenen Eindrücken der netten Dame der Mietwagenagentur und dem Gespräch darüber, dass sein Fahrzeug gerade aus der Werkstatt gekommen sei – nur um dann irgendwo im neuenglischen Nichts zu verenden – und seiner morgendlichen Joggingrunde durch Whitecoast lag sie. Eine schwarze Kugel, die eine gewisse Ähnlichkeit mit den leeren Augen des Wesens am Ende des Raumes aufwies.

Der abartige Geschmack aus Salz und Blut kehrte in seine Erinnerung zurück. Die unglaubliche Kälte. Die Schmerzen. War es dieses Monster gewesen, dass damals auf dem Felsen gesehen hatte und das alle für ein Hirngespinst gehalten hatten? Waren es andere seiner Art? Der Schreck über den Gedanken, dass diese Monster zu Dutzenden aus der Tiefe herauf stiegen und ihre undurchschaubaren Ziele verfolgten, folgte mit einer erheblichen Verzögerung. Dafür schlug er jedoch umso härter zu. Die schwarze Kugel seiner wohl schrecklichsten Erinnerung war das einzige im unendlich Feld der Trümmer, durch das er sich bewegte, das nicht zerstört war. Er hielt die Antwort also in seinen Händen, auch wenn er noch nicht genau wusste, zu welcher Frage sie gehörte. Und wenn er wirklich ehrlich zu sich war, wollte er nicht weiter darüber nachdenken, dass all die Jahre nicht er sich geirrt hatte, nicht er der Wahnsinnige war, der von allen belächelt wurde, die er in die Geschichte eingeweiht hatte.

"WAS tue ich denn?", blaffte Alex, nachdem er sich gefangen hatte.

"Du träumst."

"Das tun alle Menschen."

"Aber nur wenige so, wie du es tust. Ihr Menschen deutet das Träumen als Verwesungsprozess von Erinnerungen und Eindrücken, versucht es mit eurer Medizin und eurer Wissenschaft zu erklären. Doch es ist so viel mehr als das. Es ist ein verstümmelter Rest dessen, was als eure Wahrnehmung vorgesehen war."

"... vorgesehen war?", wiederholte Alex ungläubig.

"Doch anstatt dieses Geschenk zu nutzen, ignoriert ihr sie, seht sie sogar als zu duldendes Übel an und unterdrückt es mit Drogen."

Noch immer war der Stimme keinerlei hörbare Emotion zu entnehmen, die aufgrund der Worte, die sie sprach, zwangsläufig hätte vorhanden sein müssen. Alex hatte sich allerdings inzwischen daran gewöhnt. Überhaupt erschien es ihm nicht mehr im Ansatz als sonderbar, tief unter einer von religiösen Fanatikern bewohnten Stadt am Ende der Welt in einer Kirche mit einem Monster zu reden, ohne dabei zu sprechen.

"Wenn ein Mensch träumt, blickt er durch ein Fenster aus dem trügerischen Haus, das ihr Wirklichkeit nennt. Du jedoch blickst nicht nur durch dieses Fenster, sondern du öffnest die Tür. Und hin und wieder machst du sogar einen Schritt über die Schwelle."

Alex hatte nicht die geringste Vorstellung, warum das Wesen ihm all das erzählte, doch er war zu schwach und zu zermürbt, um sich ein weiteres Mal gegen den Willen der Kreatur zur Wehr zu setzen. Oder aus der Abtei zu fliehen. Sie würden irgendwann ihren Weg in den Keller finden. Das war sicher. Und dann würden sie ihn kreuzigen. Oder auffressen. Oder zugunsten des namenlosen Grauens opfern.

"Wir wollen keine Opfergaben. Die Unterwürfigkeit von so schwachen Kreaturen bedeutet nichts. Ebenso wenig, wie es euch Menschen nichts bedeutet, wenn eine Katze eine Maus für euch gefangen hat. Aber wir gestatten es ihnen. Es gewährt ihnen Frieden, wenn man ihnen die Illusion schenkt, dass es etwas gibt, in dem sie aufgehen können. Wir schenken ihnen diesen Frieden, indem wir ihnen gestatten, ihresgleichen in unserem Namen auszulöschen."

Alex schnaufte.

"Was willst du von mir?"

Mit einem Geräusch, das Alex unweigerlich an brechende Knochen erinnerte, verlagerte das Wesen seine Position. Alex glaubte, dass das unmenschliche Seufzen, das durch den Raum zu ihm hinüber trieb, ein Ausdruck von Schmerz war. Wenn es denn überhaupt dazu fähig war, etwas so weltliches zu empfinden und es dann auch noch zu artikulieren.

"Wir, Alexander, sind älter als du, älter als die Menschen, älter als die Existenz dessen, was von euch als Realität bezeichnet wird. Unser Verständnis von Raum und Zeit liegt jenseits von dem, was ihr gerade erst im Ansatz zu begreifen begonnen habt."

Alex stemmte sich hoch. Es dauerte einen Moment, bis er wirklich davon überzeugt war, dass seine Beine ihn wieder tragen würden. Und dann machte er sich wankend auf den Weg zur Tür und damit fort von diesem Monster.

„Sitz!" Das erste Mal zeigte sich etwas wie Ärger in der Stimme des Wesens. In seinem Rücken hörte Alex das Rasseln der Ketten.

Dann brachen seine Beine. Mehrmals.

Augenblicklich gaben sie nach und er schlug hart auf dem Boden auf. Die Schmerzen, die innerhalb des Bruchteils einer Sekunde durch seinen Körper schwemmten, trieben ihn an die Grenze der Ohnmacht. In einem gleichermaßen aufwändigen wie schmerzhaften Akt wälzte sich der Schriftsteller auf den Rücken und zog sich an einer der Bänke soweit empor, dass er eine sitzende Position einnehmen konnte. Blankes Entsetzen ergriff ihn, als er seine Beine ansah. Seine Hose war an mehreren Stellen von seinen Knochen durchstoßen worden. Blut sickerte aus den Wunden. Jedes Bein wies gleich mehrere offene Frakturen auf. Das Vieh hatte sie regelrecht zertrümmert.

„Was hast du getan?", keuchte er fassungslos und so laut es ihm sein gepeinigter Körper erlaubte, ohne seinen erschütterten Blick von dem grauenvollen Anblick dessen abzuwenden, was einmal seine Beine gewesen waren.

Die Ketten klirrten erneut, als das Wesen den Arm wieder sinken ließ.

„Unsere Geschichte, Alexander. Du wirst sie dir anhören. Und dann wirst du dankbar sein, dass wir dich davon überzeugt haben, sie dir anzuhören. Unsere physische Zeit neigt sich dem Ende. Und auch, wenn das Ende dieser Form unseres Daseins absolut bedeutungslos ist, erfordern es unsere Ziele, dass unsere Existenz dokumentiert wird."

Alex ließ seinen Kopf nach hinten gegen das Holz der Bank fallen und schloss die Augen.

„Mit einer einzigen Handbewegung machst du mich zum Krüppel. Aber zum Aufschreiben deiner Geschichte brauchst du meine Hilfe? Und warum gerade meine? Können das nicht deine Sklaven hier für dich erledigen?"

„Du hast noch nicht verstanden, aus welchem Blickwinkel du die Situation betrachten musst. Erinnerst du dich nicht an unsere erste Begegnung?"

Tränen der Wut und des Schmerzes liefen ihm über das Gesicht, während er spürte, dass die Kraft ihn verließ. Wahrscheinlich hatte er bereits zu viel Blut verloren. Es würde nicht mehr lange dauern und er würde das Bewusstsein verlieren und endlich aus dieser surrealen Situation entkommen können. In gewisser Weise war Alex sogar dankbar dafür. Halt! Für einen Moment kehrte die Klarheit zu ihm zurück. Was redete es da?

Und dann wogte eine Welle der Erinnerungen durch seinen Körper. Damals auf dem Felsen hatte er sie gesehen. Es waren mehrere gewesen. Und sie sahen nicht so aus wie das Wesen, das jetzt vor ihm lag. Das hier war älter, die Farbe dunkler, doch da waren diese Augen, diese schwarzen Kugeln, die nur auf den ersten Blick undurchsichtig und unergründlich wirkten, bei genauerer Betrachtung jedoch eine kühle und gleichgültige Allwissenheit offenbarten.

„Unsere äußere Form hat sich verändert." Wie zum Beweis hob es einen der beiden verkrüppelten Stümpfe, die einmal seine Beine gewesen sein mussten.

„Sie halten dich gefangen?"

Ein kehliges Keuchen quoll wie Blut durch den Raum. Anfangs irritiert, stellte Alex beinahe amüsiert fest, dass es versuchte, mit seinen Mitteln ein menschliches Lachen nachzuahmen.

Nachdem es sich ein wenig beruhigt hatte, kehrte kurz die Stille in die Abtei und in Alex' Kopf zurück.

„Gefangenschaft bedeutet zwei Dinge, Alexander. Sie bedeutet immer den Entzug von Zeit und den Entzug von Freiheit", begann es. „Die Freiheit nehmen nicht sie uns, sondern wir gewähren sie euch. Seit Anbeginn der Zeit."

Während Alex über die Aussage des Wesens nachdachte, wanderte sein Blick durch den Raum. Erst jetzt realisierte er, dass die Schmerzen seiner zertrümmerten Beine nicht mehr spürbar waren. Und, dass er ruhig war. Mehr als das. Man konnte seinen Zustand beinahe als entspannt bezeichnen.

Das diffuse Licht verhinderte zwar eine detaillierte Betrachtung seiner Umgebung, doch Alex konnte an den Wänden um sich herum kryptische Symbole und Inschriften ausmachen. Die Fremdartigkeit der Schrift war beängstigend und auch ohne es wirklich zu wissen, hätte Alex jeden Eid darauf geschworen, dass sie keiner bekannten, keiner menschlichen Sprache entstammte. Erst im Fuße des Podests, auf dem das Wesen vegetierte, konnte er Buchstaben entdecken, die im Zusammenhang zwar keinen Sinn ergaben, der sich ihm erschloss, zumindest jedoch aber erkennbar menschlich waren. Irgendwie erfüllte ihn diese Entdeckung mit einer behaglichen Wärme.

Sh'Octuan.

"Das ist die Konsequenz eures Dranges und die eurer minderwertigen Sprache, allem und jedem einen Namen zu geben. Wenn es dir hilft, deinen Geisteszustand zu bewahren, erlauben wir dir, uns auch auf diese Weise anzusprechen."

"Wie gnädig von dir", knurrte Alex trotzig und verspürte keinerlei Furcht mehr.

"Woher kommt ihr?" Er musste unter Schock stehen, denn anders konnte er sein beinahe wissenschaftliches Herangehen an die Situation nicht erklären.

Stille. Alex hatte das Gefühl, als würde das Wesen nach den richtigen Worten suchen.

"Aus der Tiefe." Das senkrecht und dadurch höchst fremdartig angeordnete Maul Sh'Octuans öffnete und schloss sich mehrere Male in schneller Folge. Dabei konnte Alex deutlich hören, wie die Zähne aufeinander schlugen.

"Lange vor dem Menschen und jedem seiner auf Bäumen lebenden Vorfahren haben wir bereits über diese Sphäre eurer primitiven Realität geherrscht und haben eure Heimat von all den Dingen gereinigt, die euch in eurer Entwicklung gehemmt hätten. Wir haben in seinem Namen gehandelt. Es war von essentieller Bedeutung für das Universum in seiner Gesamtheit, dass es die Menschen sind, die einst die Erde bevölkern und beherrschen werden. Und das, obwohl ihr die letzte und schwächste einer langen Reihe von intelligenten Rassen seid."

Alex begriff nicht, was Sh'Octuan, er nannte das Monstrum tatsächlich beim Namen, ihm sagen wollte.

"Du bist so naiv, die Menschen für die Krönung der Schöpfung zu halten. Dabei musst du dich jedoch von euren minderwertigen wissenschaftlichen Erkenntnissen lösen. Alles, was ihr Menschen wisst, vom Entfachen des ersten Feuers bis hin zur Entschlüsselung eures Genoms, wurde euch gewährt, damit ihr in der Zukunft das Schicksal des Universums maßgeblich gestalten könnt, bevor eure Rasse letztlich ausgelöscht wird."

Was redete das Wesen? Hielt es sich für einen Gott? Alex schüttelte vehement den Kopf, teils um zu verneinen, was Sh'octuan da sagte, teils um wieder klar denken zu können.

"Alexander, es herrscht Krieg zwischen den Älteren und den Äußeren. Und in diesem Krieg bist du unsere wertvollste Waffe."

"Und wer führt diesen Krieg? Ihr gegen die Menschen?"

Das grunzende Lachen erfüllte wieder den Raum.

"Es gibt die Älteren, deren bekannteste und von euch mit dem Namen Yith versehenen Vertreter eine Rasse sind, die jenseits der Zeit existieren und die Geschicke der Menschlichkeit seit Anbeginn eures Denkens massiv beeinflussen, um ihre für euch unverständlichen Ziele zu verwirklichen."

"Jenseits der Zeit? Warum müssen sie sich dann einmischen?"

"Sieh genau hin, Mensch! Für die Yith ist es unerlässlich, dass eine bestimmte Zukunft eintritt, damit in einigen tausend Jahren und nach der Auslöschung der Menschheit die Coleopteroiden über die Erde herrschen. Die Rasse der Yith wird das Bewusstsein der Coleopteroiden auslöschen und diese Spezies übernehmen. So, wie ihr in ein neues Haus zieht, wenn das vorherige niedergebrannt ist. In Form der mächtigen Yith ist unsere Existenz gefährdet."

"Weil die Yith dann in der Zeit zurückkreisen und euch vernichten, bevor ihr die Herrschaft an euch bringen konntet?" Alex versuchte gar nicht erst, sein verächtliches Lachen zu unterdrücken.

"Das ist eine sehr grobe, aber dennoch zutreffende Beschreibung, Alexander. Langsam begreifst du. Die Stärke der Yith ist, dass sie losgelöst von der Zeit existieren können. Sie errichten ihre Städte nicht nur an einem gewissen Punkt, sondern ihre Siedlungen erstrecken sich vom Anbeginn der Zeit in ihrer reinsten Form bis hin zum Ende aller Dinge. Und genau deshalb ist es uns unmöglich, sie aufzuspüren."

"Aber wenn es euch nicht möglich ist, sie aufzuspüren, verstehe ich nicht, woher eure Informationen über die Motive eures Feindes kommen."

"Durch eure Träume, denn sie stellen ein Leuchtfeuer dar, von dem die Yith sich angezogen fühlen, wie ihr Menschen von der Macht über andere Menschen angezogen werdet. Wenn ein prädestinierter Mensch träumt, öffnet er ein Tor. Für uns, Alexander, existiert keine Trennung zwischen den einzelnen Ebenen eurer Realität. Die Yith jedoch sind dieser Differenzierung sehr wohl unterworfen und benötigen eure Träume, um Zugang über die Äonen hinweg zu eurer Welt, eurer Realität zu bekommen. Um Informationen über euren Entwicklungsstand zu sammeln und sicherzustellen, dass eure Entwicklung absolut nach ihrem Plan verläuft, verschaffen sie sich nicht nur Zugang zu eurem Bewusstsein, sondern sie übernehmen es für eine gewisse Zeit. Während dieser Phase der Kontrolle lenken sie Euren Körper, wie ein Puppenspieler eine Puppe. Und mit eurem Körper erhalten sie eure Schwächen und müssen schlafen. Und dann träumen sie."

"Und wenn der Mensch, den sie ...", Alex suchte nach dem richtigen Wort "... befallen haben, mit euch unter einer Decke steckt, habt ihr den perfekten Spion."

"Exakt. Jedoch besteht die Herausforderung darin, diese für uns höchst wertvollen Informationen auch zu erhalten, bevor der Verstand des Wirtes sich auflöst und er in den Wahnsinn abdriftet. Aus diesem Grund beobachten wir vielversprechende Kandidaten, die sich als widerstandsfähig genug erwiesen haben."

Jetzt verstand Alex.

"Wir haben dich beobachtet, Alexander. Wir haben dich begleitet, um sicherzustellen, dass du heute vor uns stehst."

"Dann unterscheidet ihr euch nicht von den manipulativen Wesen, mit denen ihr im Krieg lebt."

Sh'Octuan röchelte kläglich.

"Ihr Menschen amüsiert uns. Immer dann, wenn man glaubt, ihr habt begriffen, offenbart ihr das Gegenteil. Die Ziele der Yith sind falsch und bar jeden Strebens nach Harmonie und Ordnung. Wir hingegen wollen das Gleichgewicht des Universums bewahren ..."

"... indem ihr es unterwerft?", fiel Alex dem Wesen ins Wort.

"Nur so ist sichergestellt, dass die Ordnung bestehen bleibt. Auch du wirst das bald begreifen und dich deiner Vorbestimmung fügen."

Der Schriftsteller explodierte förmlich vor Wut: "Du willst mich zwingen? Du, der du hier Theater von deiner Gefangenschaft spielst? Wahrscheinlich ist der Rest deiner großen Rasse schon lange ausgestorben und du bist das letzte kümmerliche Exemplar." Er steigerte sich immer weiter in seine Wut, die gleichermaßen seinen Untergang, als auch sein letztes Refugium darstellte. "Was hast du mit mir vor? Willst du meine Arme zertrümmern und mir mit deiner sonderbaren Magie auch diese Schmerzen nehmen?" Er rutschte mit dem Rücken ein wenig an der Bank herum, an der er lehnte und begann zu lachen. "Wahrscheinlich haben mich die kranken Hinterwäldler hier schon lange gefangen und foltern mich gerade, sodass du nichts weiter bist als der letzte Rest an Fantasie meines sterbenden Gehirns."

Sh'Octuan reagierte nicht. Nicht durch ein Klirren mit den Ketten, nicht durch sein hustendes Lachen. Es lag einfach nur da und gaffte mit seinen schwarzen Augen durch den Raum.

Der Schweiß floss Alex nun regelrecht über die Stirn. Der Wutanfall hatte den letzten Rest Kraft in seinem Körper aufgebraucht. Er würde hier unten in diesem abartigen Keller und in Gegenwart des Dämons mit den schwarzen Augen sterben. Einfach so. Im Grunde wunderte er sich, dass es nicht bereits geschehen war, denn auch wenn er sich bereits langsam dämmrig fühlte, hätte er eigentlich nicht mehr bei Bewusstsein sein dürfen. Sein Blutverlust war rein optisch bereits zu verheerend. Aus medizinischer Sicht musste es fatal sein.

Minuten verstrichen, in denen das gurgelnde Geräusch des Blutes, das in immer länger werdenden Abständen aus den Wunden an seinen Beinen spritzte, der einzige hörbare Laut war.

Alex begann zu frieren.

Bald würde es soweit sein. Die Welt vor seinen Augen begann im Zwielicht des Kerzenscheins langsam an Farbe zu verlieren. Kraftlos hob er den Arm und drehte die Hand dicht vor den Augen. Die Geräusche um ihn herum versickerten langsam in der Apathie, die Alex befiel. Das Offenhalten seiner Augen stellte eine immer größere Herausforderung für ihn dar. Das erste Mal seit langer Zeit fürchtete Alex den nahenden Schlaf nicht. Im Gegenteil. Es wirkte regelrecht einladend auf ihn, die Augen für einen Moment zu schließen, doch er wusste, dass er sie dann nicht mehr öffnen würde. Die Verlockung war riesig.

"Steh auf, Alexander. Es ist Zeit."

Sh'Octuans Worte klangen wieder durch Alex' Verstand, als würden sie im Inneren seines Kopfes ausgesprochen werden. Trotzdem ignorierte er sie. Dachte diese Ausgeburt der Hölle etwa, dass er mit seinen zertrümmerten Beinen einfach aufstehen und weggehen würde?

"Das wirst du tun müssen. Wir können ihre Wut nicht mehr kontrollieren. Bald werden sie hier sein."

Alex lachte schwach und blickte auf seine zerfetzten Beine hinab. Doch sie waren nicht mehr zerfetzt. Seine Hose war völlig intakt und auch die Blutlache, die sich um ihn herum ausgebreitet hatte, war verschwunden. Aufgeregt, beinahe panisch tastete er seine Beine ab, ohne jedoch die herausragenden Knochen oder die warme Feuchtigkeit des Blutes entdecken zu können.

"Was hast du getan?", stotterte Alex.

"Steh auf und geh! Die Zeit ist nicht mehr auf deiner Seite." Klirrend erhob sich der Arm des Dämons und wies hinter sich.

Wacklig und verwirrt erhob sich Alex und fühlte sich, als würde er das Laufen gerade erst lernen. Schritt für Schritt ging er voller Konzentration in die von Sh'Octuan gewiesene Richtung. Mehr stolpernd als gehend erreichte er eine Wand.

Und die Tür.

Sie war vorher noch nicht dort gewesen, oder? Woher war sie gekommen? Sie war neu, unbenutzt und weiß. Und völlig fehl am Platz. Es war einfach unmöglich, dass Alex sie zuvor übersehen hatte, doch sie war da. Direkt vor ihm.

Am gegenüber liegenden Ende des Raumes barst die Tür unter der tobenden Raserei der Kultisten. Sekunden später standen sie bereits in der Kapelle. Bevor Alex den Knauf der Tür griff, warf er noch einen letzten Blick über die Schulter. Die Kultanhänger waren kaum mehr menschlich, beinahe so, als würde ihre Wut ihre Körper verändern. Die Gesichter waren zu skurrilen, verzerrten Fratzen verkommen, die Körper krochen beinahe auf allen Vieren durch den Raum. Geifer und Schaum troff aus ihren weit aufgerissenen Mäulern. Brüllend und knurrend walzte sich das Knäuel aus Körpern zwischen den Bänken entlang.

Nur den Bruchteil einer Sekunde ruhte sein Blick auf Sh'Octuan. Das Wesen war ruhig, erschien beinahe unbekümmert.

Die Tür schwang auf und Alex blickte ins Nichts. Es war keine Dunkelheit, die den folgenden Raum unter sich verbarg, sondern schieres Nichts. Und dann schmolz der Raum um ihn herum und zerfloss wie ein Stück Butter in der heißen Pfanne. Alex nahm seinen letzten Mut zusammen und machte einen Schritt ins Nichts. Irgendwie hatte er damit gerechnet zu fallen, doch stattdessen löste sich die Architektur der Kapelle hinter ihm vollständig auf. Die wenigen verbliebenen Konturen des schmelzenden Raumes verwanden sich immer und immer wieder in sich selbst. Die dadurch entstehenden Formen lagen jenseits jeder Beschreibung, weit außerhalb jeder Grenze der bekannten Geometrie. Als letztes verschwand der erleuchtete Umriss der Tür im Strudel aus weltlicher Substanz und zerrissener Geometrie. Dann war es nur noch Dunkelheit, die Alex umgab. Das Blut in seinen Adern schien sich in Feuer verwandelt zu haben, während die Schwärze, die ihn umgab, auf ihn eindrängte, wie aus Rasierklingen bestehendes Wasser, das nicht seinen Körper, sondern seine Seele zerschnitt. In riesigen Wellen schlugen Schmerzen durch seinen Körper, die Alex, aller anderen Sinne beraubt, in einer so unendlichen Präzision wahrnahm, dass die Welt um ihn herum nur noch aus Pein zu bestehen schien.

Die Zeit stellte keine relevante Größe mehr dar, zerfloss wie die Körperlichkeit des restlichen Raumes und zersprang dann in einer paradoxen, beinahe eisartigen Festigkeit in unzählige Splitter von unbestimmbarer Größe. Im Nichts, das Alex umgab, verweilten diese Reste der physischen Welt, nur um sich in der unendlichen Schwärze des Raumes neu zu arrangieren. Alex konnte nicht sagen, ob dies augenblicklich geschah oder erst Stunden später. Vielleicht sogar Stunden zuvor. Oder Tage, vielleicht Jahre. Äonen? Wie unlogisch das Konzept von Raum und Zeit an diesem Ort doch wirkte. So überholt und nutzlos.

Die flüssig wirkenden Fragmente waberten durch die Schwerelosigkeit, verbanden sich und schufen für einen winzigen Moment so etwas wie den Rest eines Eindruckes der realen Welt, nur um dann sofort wieder zu zerfallen. Dieses Spiel wiederholte sich, so denn überhaupt irgendeine Form der Zeit in diesem Nichts Gültigkeit besaß, fortwährend. Dabei erhielten die Formen, die Schemen dessen, was Alex als kurzes Aufblitzen einer sterbenden Realität identifizierte, ihre Festigkeit immer weniger lange aufrecht, bevor sie in einem stummen, mehr fühl- als hörbaren Schmerzenschrei wieder zerfielen. Auch ohne Entfernungen oder Größen abschätzen zu können – fern und nah waren vor der Unendlichkeit des Nichts zu einem allgegenwärtigen Zustand verschmolzen – erkannte Alex, dass die partikelhaften Reste des Diesseits sich aus sich selbst heraus vermehrten und sich ausdehnten. Zerfall und Ausdehnung, Rekombination und Verschmelzung, Umstürzung und Strukturlosigkeit beherrschten diese Form der Existenz in einer schreienden Kakophonie und schufen ein abstraktes Reich des Schmerzes. Eine Welt, die sich aus sich selbst heraus erschuf und sich dabei selbst verzehrte. Immer wieder. Dabei verlor Alex jeglichen Bezug zu seiner eigenen Körperlichkeit und existierte bald nur noch als Schatten eines Bewusstseins im

Kontrast zur der sich permanent verändernden, dabei jedoch immer gleichbleibenden Struktur des Staubes, der einst seine frühere Wirklichkeit gebildet hatte. Oder gebildet haben würde.

"Das Ende aller Dinge."

Die Stimme zerschlug den auf das reine, das essentielle Sein reduzierten Alex wie Licht, dass durch ein Fenster in einen dunklen Raum fällt. Losgelöst von den Eindrücken, die seine Sinne ihm in der physischen Welt beschert hatten, konnte er die Stimme nicht hören, aber auch nicht fühlen, so wie Sh'Octuan zuvor mit ihm in Kontakt getreten war. Vielmehr WAR Alex zu der Stimme geworden und verblieb als widerhallendes Echo in einer geräuschlosen Sphäre. Ein gleißender Lichtbogen, der sich in unmöglichen Winkeln durch den Raum wand, zuckte bei jeder Silbe des Dämonen durch das Nichts, zerriss es und offenbarte dabei den Blick auf eine dahinter liegende Welt von so unbeschreiblicher Hässlichkeit, dass Alex, wäre er vor die Wahl gestellt worden, darum gebettelt hätte, hier im Nichts bleiben zu dürfen.

Erneut teilte das Licht das große Nichts.

"Verstehe unsere Natur, Mensch."

Und Alex verstand tatsächlich, denn das, was er durch den Riss erkennen konnte, war nicht eine abartige Version seiner zu Staub zerfallenen Realität, sondern es war Sh'Octuans Antlitz, in das er blickte. Das er wahrnahm? Das er war. Losgelöst von seiner weltlichen Form offenbarte der Dämon ihm nun sein Wesen. Was Alex in der Kapelle noch für einen Teil eines kollektiven Bewusstseins gehalten hatte, entblößte sich selbst nun in seiner Gesamtheit als unsichtbare, aber allgegenwärtige Grundsubstanz des Universums.

Sh'Octuans Stimme manifestierte sich in der bekannten Transzendenz.

"Wir sind hier, …"

Farbexplosionen von Stille.

"Wir sind hier, weil das unsere Welt ist."

Alex' Restbewusstsein verging in einem Inferno aus Schmerz, während die Welt um ihn herum kollabierte.

"Warum tust du mir das an?", schrieb Alex unter Aufbringung der letzten Konzentration, zu den sein sich auflösendes Sein noch fähig war, durch seine Präsenz in das Nichts wie mit Tinte auf feuchtes Papier.

"Nur so wirst du wirklich verstehen."

Und dann verstand Alex.

12. Flucht in die Dunkelheit.

Im nächsten Augenblick fand sich Alex in einem von Büschen verdeckten Kelleraufgang hinter der Fabrik wieder. Auf dem Rücken liegend keuchte er und bemerkte erst Momente später, wie sich der Regen in sein Gesicht ergoss. Die Verwirrung zerfleischte ihn mit einer gnadenlosen Rücksichtslosigkeit. War das alles nur ein Traum gewesen? Zumindest sein schmerzender Körper zeugte auf jeden Fall davon, dass er jetzt wieder in der Wirklichkeit war.

Dumpfe Laute drangen in seine bis jetzt geräuschlose Welt. Unter Aufwendung seiner letzten Reserven wandte Alex sich um und sah die Kellertür hinter sich, die irgendjemand mit einem Metallrohr verkeilt hatte. Unter einer von innen wirkenden Gewalt wölbte sich die Tür immer wieder bis an die Grenzen ihrer Belastbarkeit. Auch wenn das Rohr stabil und in gutem Zustand war, würde die Struktur der Tür selbst nicht mehr lange standhalten können.

Die Kultisten. Der Begriff kehrte in Alex Gedächtnis zurück. Und damit Whitecoast und der Schrecken, mit dem er in dieser furchtbaren Stadt konfrontiert worden war.

Danny.

Was war aus dem Jungen geworden?

Zwischen den beiden Türblättern quollen Laute hervor, die Alex unweigerlich an wilde Tiere denken ließen, die sich in einer wilden Raserei selbst in Fetzen rissen.

Geistesgegenwärtig suchte Alex sein Umfeld nach etwas ab, das er als Waffe gebrauchen konnte, fand aber außer einem in der Mitte durchgebrochenen Ziegelstein nichts von Wert. Nachdenklich wog er ihn in der Hand. Nicht unbedingt das

Werkzeug der Wahl, wenn man sich einer Horde geisteskranker Fanatiker gegenüber sah.

An dem mit Rost überzogenenen Geländer zog Alex sich in
die Höhe und bemerkte erst jetzt die riesigen Blutflecken auf
seiner zerrissenen Hose. Doch mehr als Schmerzen der
Anstrengung waren da nicht. Dafür war jetzt allerdings keine
Zeit. Er musste hier weg. Weg von der Fabrik, fort aus
Whitecoast und für immer weg von der Küste und dem
Meer. Jetzt sofort. Mühsam schleppte er sich die Treppe
hoch und machte am Absatz eine kurze Pause, um sich zu
orientieren. Der mit Stacheldraht bewehrte Zaun, der das
gesamte Gelände bis zum Vordereingang umgab, stellte ein
Hindernis dar, das Alex selbst in Höchstform kaum hätte
überwinden können. In seinem jetzigen Zustand war es
undenkbar.

Krachend barst das Holz um die Scharniere und die Tür flog
aus ihren Angeln. Die hasserfüllten Fratzen der Kultisten
starrten ihn aus fanatisch glühenden Augen an. Dann war es
einen Moment still. Zwischen etlichen ihm unbekannten
Gesichtern entdeckte Alex Dalen und den Reverend. Und
genau dieser hob jetzt seinen Gehstock und zeigte in seine
Richtung.

"Er ist ein Ungläubiger. Er wird die Polizei herschicken und
die wird euch dann euren Beschützer wegnehmen. Euer
Leben, eure Existenz. Dieser Mann ist böse."

Mit diesen Worten stürmte die Meute auf ihn zu.

Alex drehte sich um und trat seinerseits die Flucht an. Das
unebene Gelände und das bleiche, vom Regen zerstreute
Mondlicht erschwerten seinen Weg über das Grundstück der
Fabrik. Mehr stolpernd als laufend bewegte sich Alex auf
den Zaun zu. Allein seine Kondition durch das regelmäßige
Lauftraining war es, die ihm das Leben rettete. So gelang es
ihm, rasch etwas Abstand zwischen sich und seine Verfolger

zu bringen. Das würde sich jedoch genau dann ändern, wenn er den Zaun erreicht hatte. Bis dahin schickte Alex jedoch zahlreiche Dankesgebete gen Himmel, in denen er sich dafür bedankte, dass die Anhänger des Reverends sich an das gängige Klischee hielten und lediglich Messer und Hiebwaffen mit sich führten. Auf Schusswaffen schienen sie verzichtet zu haben. Oder zumindest kamen sie nicht zur Anwendung.

Der Regen nahm an Intensität zu und vereinzelt zuckten Blitze durch den nächtlichen Himmel. Das wutentbrannte Toben der Meute in seinem Nacken war jedoch trotz des aufziehenden Unwetters viel deutlicher zu hören, als es Alex hätte lieb sein können. Und mit jedem Blitz musste Alex erkennen, dass er sich dem Zaun viel zu schnell näherte und bald in der Falle sitzen würde.

"Du kannst uns nicht entkommen, Fremder!", drang die Stimme des Reverends durch Dunkel und Sturm. Alex blickte sich nur kurz um und sah den Reverend mehrere Meter hinter der Gruppe seiner Anhänger auf seinen Stock gestützt und mit der anderen Hand wild gestikulieren. Einen Moment zu lang hatte Alex den Blick von dem unebenen Gelände genommen und geriet prompt ins Straucheln, als er über einen Stein stolperte.

Jetzt war es vorbei. Dieser und tausend andere Gedanken schossen ihm durch den Kopf. Wie ein Funke erleuchtete auch kurz die Begegnung mit Sh'Octuan seine Erinnerung. Was hatte das Wesen damit bezweckt, ihn aus dem Gewölbe an die Oberfläche zu bringen, wenn doch diese Maßnahme das Unvermeidliche nur aufgeschoben hatte? Hatte er den Dämon überhaupt wirklich getroffen oder handelte es sich nur um eine Fantasie, eine Manifestation des Wahnsinns, der sich durch seine Träume bereits lange angekündigt hatte?

Blut rann aus der Wunde an seiner Stirn. Unter Schmerzen schleppte Alex sich die schmale Straße entlang. Er hatte in

Erwägung gezogen, sie zu verlassen, aber westlich vom ihm lag die Stadt – und dort wäre er wohl nicht mehr willkommen. Östlich erstreckten sich flache Küstenvegetation und kleine Felsen, die kein hinreichendes Versteck bilden würden. Die mit Laternen und Fackeln bewaffnete Horde aus der Stadt hatte sich mit der Gruppe aus der Fabrik vereint und war ihm dicht auf dem Fersen. Die Straße wand sich sanft einen Hügel hinauf. Unter Aufwendung seiner letzten Kräfte steigerte Alex noch einmal das Tempo.

Auf der Kuppe packte Alex jedoch dann die Verzweiflung. Die Straße endete in einem kleinen Platz, der am Fuße eines beinahe rückstandslos verfallenen Leuchtturms lag. Aus Richtung Whitecoast bewegte sich eine zweite Gruppe, in der Dunkelheit anhand der Lichtkegel ihrer Lampen auszumachen. Langsam ging Alex auf den Platz zu und sah sich um. Ein paar Augenblicke hatte er noch Zeit, dann würden sie ihn erreichen. Und dann wäre es vorbei.

Seine Schritte verlangsamten sich in dem Maß, in dem seine Hoffnung sank, bis er schließlich stehen blieb. Keuchend stützte er sich auf den Knien ab. Seine Lunge brannte wie Feuer und der Regen schien ihn zu Boden drücken zu wollen Die Blitze erhellten inzwischen beinahe ununterbrochen den Himmel und tauchten die Kultisten, die sich Alex von zwei Seiten näherten, in ein Spiel aus Licht und Dunkelheit.

Es gab keinen Ausweg. Die einzige Wahl, die Alex noch hatte, war, von welcher Gruppe er sich in Stücke reißen ließ. Hätte er sich anders verhalten sollen? Hätte er die sonderbaren Vorkommnisse in Whitecoast ignorieren sollen? Die reine Ausweglosigkeit der Situation führte dazu, das diese und viele weitere Fragen in Alex' Bewusstsein nur kurz aufflackerten und dann wieder von Resignation ausgelöscht wurden. Sämtliche Zweifel lösten sich auf diese Weise auf.

Wie in Trance trottete Alex auf die Klippen zu. Vielleicht gelang es ihm, noch einen Blick auf das Meer zu werfen und in Anbetracht seines nahenden Todes seine Furcht zu begreifen. Schritt für Schritt ging er auf den Abgrund zu, der mehr war als nur eine zerklüftete Küstenlinie. Für ihn war es das Ende der Welt.

Die Fackeln und Lichtkegel der Taschenlampen waren bereits so nah, dass Alex in ihrem Schein die grotesken Gesichtszüge ihrer Träger erkennen konnte. So würde es nun also enden? Von wahnsinnigen Fanatikern auf einem leblosen Stück Felsen in Stücke gerissen? Beinahe vollkommen frei von jeder Angst erreichte er den Abgrund, der sich in der Dunkelheit zu verlieren schien, immer dann, wenn gerade einmal kein Blitz durch den Himmel fuhr. Vorsichtig beugte er sich über die Kante und betrachtete das tosende Meer und die Wellen, die an den scharfkantigen Klippen zerschellten.

„Da ist er! Schnappt ihn euch." Die Worte wurden von Wind und Wetter verzerrt, doch Alex verstand die Botschaft, die der Sturm ihm entgegen trug. Er drehte sich ins Landesinnere um und starrte die Kultisten an. Es hätte keinen Sinn zu versuchen, die Horde mit Worten davon zu überzeugen, dass sie ihn ziehen ließen. Sie hatten bereits Danny auf dem Gewissen und sie würden sich wohl kaum milde stimmen lassen.

Sie hatten ihn erreicht und bildeten einen Halbkreis um ihn herum. Alex vernahm ihr Knurren und war der Meinung, dass viele von ihnen die Zähne fletschten. Es war erschreckend, was die Gier und die Angst um den eigenen Wohlstand aus den Menschen gemacht hatten und zu welchen Taten sie die Menschen hinrissen. Nicht ein unendlich alter Dämon hatte die Menschen verdorben, sondern sie sich selbst. Sh'Octuan – Alex hatte noch immer nicht entscheiden können, ob sein Treffen mit der skurrilen Gestalt wirklich stattgefunden hatte – machte, wenn er denn existierte, das Hässliche in ihnen sichtbar. Aus der Tiefe ihrer Seele beförderte er ans Tageslicht, was der Mensch so perfekt verbergen konnte. Selbst wenn diese Vorstellung nichts weiter war als

170

eine Theorie und sich bei näherer Betrachtung als falsch herausstellen würde, musste Alex darüber schmunzeln. Das wäre durchaus eine gute Geschichte für ein Buch gewesen. Erheblich spannender, als das, was Autumn zusammengetragen hatte.

Mit ein wenig geschickter Werbung wäre er von jetzt auf gleich wieder einer der ganz Großen. Einer, dessen Namen man nennen musste, wenn man von Horror sprach. Die Vorstellung von einer neuen persönlichen Renaissance halfen ihm dabei, sich mit dem nahenden Ende seines Lebens abzufinden. Als würde man bittere Medizin auf Zucker träufeln, um ihren Geschmack zu verbergen. Und das funktionierte nie. So holte die Realität, oder die Farce dessen, was jetzt seine Realität sein sollte, ihn ein.

Da standen sie alle um ihn herum und gafften ihn mit gierigen Augen an. Alex meinte, zwischen den durch blanken Hass verzerrten Fratzen auch die Bedienung aus dem Diner ausmachen zu können.

Der Reverend hatte zu der Gruppe aufgeschlossen und bahnte sich seinen Weg durch die Meute. Seine Augen schienen vor Hass zu glühen. War es schon bei Tageslicht schwer gewesen, einzuschätzen, wie alt der Reverend sein mochte, so war es Alex jetzt unmöglich geworden. Auch wenn die Körperhaltung und das von Falten zerfurchte Gesicht das genaue Gegenteil vermittelten, strahlte er durch seine Bewegungen, vor allem aber durch seine vor Hass glühenden Augen eine ungestüme Wildheit aus.

„Ich werde nicht zulassen, dass ihr uns den Quell unseres Lebens wegnehmt!" Seine Stimme war klar wie Glas. Sogar das Unwetter schien ihr bereitwillig Raum zu geben und der Wind ebbte ab, als er fortfuhr.

„Du kommst in unsere Stadt und wir nehmen dich als Gast auf." Der Reverend ließ den Blick über seinen Kult wandern.

„Doch du musst dich in Dinge einmischen, die dich nichts angehen. Du musst in unseren Geheimnissen wühlen."

Alex entgegnete nichts, sondern starrte den Reverend nur wütend an.

„Und jetzt schau dir an, was du angerichtet hast!" Der Reverend wandte sich an seine Leute. „Seht, was der Fremde angerichtet hat. Er kommt in unsere Stadt und wiegelt einen von uns auf. Er zwingt den armen Danny dazu, sich gegen uns, gegen das Gesetz zu wenden!"

Wie auf Kommando zog sich ein Blitz über den Himmel, während der Reverend eine dramatische Pause einlegte und unruhig vor den Reihen seiner Anhänger hin und her ging.

„Und jetzt seht, was geschehen ist! Er ist verschwunden! Wahrscheinlich ist er tot und ER hat ihn auf dem Gewissen!" Der Reverend blieb stehen und richtete seinen Stock auf Alex.

„Das ist eine Lüge!", brach es aus Alex heraus. Noch während die Worte durch die feuchte Luft wanderten, ärgerte er sich über seine Unbeherrschtheit und darüber, dass er dem Fanatiker noch Öl ins Feuer geschüttet hatte.

„Seht ihr, wie feige er sich windet? Wie ein Wurm. Er ist nicht bereit, sich den Konsequenzen seines Handelns zu stellen." Wieder wandte er sich zu Alex. „Sieh, was du dem Jungen angetan hast." Es folgte eine kurze Geste mit dem Stock. Zu seiner Bestürzung musste Alex sehen, wie sich die Gruppe der Kultisten teilte und zwei riesige Männer in Öl-kleidung der Fischer, die für diese Region üblich war, den Körper des Jungen wie einen Sack durch den Dreck zogen. Etwa auf halbem Wege zwischen ihm und der Gruppe ließen sie die Leiche achtlos fallen und verschwanden wieder in den eigenen Reihen.

Alex hatte den Jungen nur an dem abgenutzten und viel zu großen Overall erkennen können. Vom Schädel und dem frechen Lächeln des Jungen waren lediglich zertrümmerte Reste übrig geblieben. Es war schwer für ihn, sich vorzustellen, mit welcher Tobsucht und bestialischen Gewalt sich die Fanatiker auf den Jungen gestürzt hatten.

„Was hat dieser Fremde nur aus Danny gemacht?", rief der Reverend seinen Leuten zu. „Sicher war Danny ein Querkopf, aber ohne den Fremden hier wäre er niemals auf den Gedanken gekommen, sich gegen uns, seine Freunde und seine Familie zu stellen! Danny hat uns verraten und sich nun aus dem Staub gemacht."

Getuschel und wildes Knurren ging durch die Reihen. Die Galle stieg angesichts dieser dreisten Lüge in Alex auf.

Doch der Reverend war noch nicht fertig. „Danny war durch seine Zuneigung zu meiner Tochter wie ein Sohn für mich. Und dann kommt dieser Fremde und nimmt ihn mir einfach weg. Und damit nicht genug, denn der Fremde will uns verraten. Er will das FBI wieder hierher holen. Er will, dass Whitecoast niederbrennt und unser Glück in den Flammen vergeht. Meine Freunde, das dürfen wir nicht zulassen." Er spuckte in den vom Regen aufgeweichten Boden, bevor er weiter redete. „Dieser Mann dort gibt sich als Schriftsteller aus, doch in Wahrheit ist er ein Regierungsbeamter, der eingeschleust wurde, um die Vorbereitungen für eine Invasion zu treffen." Es folgte erneut eine Pause, in der nur das latente Knurren der Kultisten und die Geräusche des Unwetters einen akustischen Rahmen für die Situation bildeten.

Alex konnte seine eigene Wut kaum noch im Zaum halten. Es war unglaublich, dass der Reverend sich nicht einmal mehr die Mühe machte die Fakten zurecht zu biegen, sondern seine Anhänger einfach anlog. Natürlich war er kein FBI-Agent und hatte bis zu den Ereignissen in dieser Nacht

173

auch nicht vorgehabt, die Bundesbehörde zu involvieren. Jetzt in diesem Moment wünschte sich Alex allerdings nichts mehr, als einige dieser schwerbewaffneten, schwarzgekleideten Elitepolizisten hier in seiner Nähe zu haben. Hastig warf er einen Blick über die Schulter in das Dunkel, das hinter der Klippe in seiner grauenvollen Präsenz auf ihn wartete. Kein Hubschrauber, keine Suchscheinwerfer, und damit auch keine Elitepolizisten. Und sie würden auch niemals kommen, denn niemand, wirklich kein Mensch auf der Welt vermisste ihn in diesem Augenblick. Autumn würde wahrscheinlich ein wenig skeptisch sein, dass er sie mit seinem Unmut über die Reise länger verschont hatte, als es zu erwarten gewesen war.

Er würde einfach spurlos verschwinden und irgendwann würde vielleicht ein Schriftsteller, angestachelt von seiner Agentin mit der Suche nach Alexander Wright, dem verschollen Horrorautor, beginnen.

Wie beiläufig nahm er wahr, dass der Reverend den Befehl gab, ihn zu ergreifen.

Langsam kamen die Anhänger des Kultes auf ihn zu. Der Halbkreis, in dem sie Aufstellung genommen hatten, zog sich enger und enger. Der Weg war ihm in alle Richtungen abgeschnitten. Es blieb also nur eine einzige Richtung und damit nur ein Ausweg. Nur eine Lösung.

Niemand würde ihn vermissen.

Mit diesem letzten Gedanken drehte sich Alex um und sprang.

13. Das Ende. Nicht weiterlesen.

"Er wacht auf", sagte eine sanfte, weibliche Stimme in der offenkundig eine Mischung aus Erleichterung und Freude mitschwang.

Alex fühlte sich miserabel. Seine Augen brannten im kalten Licht, das sie rücksichtslos durchdrang, als er sie öffnete. Mit einiger Anstrengung konnte er die Umrisse mehrerer Personen um sich herum erkennen, doch mehr erlaubte ihm seine Kraft einfach nicht. Bevor die Schemen sich zu konkreten Individuen verfestigen konnten, verlor er wieder das Bewusstsein.

Er stand an der Küste, wie er es so oft zuvor in seinen Träumen getan hatte. Beinahe hundert Meter über der schäumenden und tobenden Gischt. Graue Wolken zogen sich am Horizont zusammen. Zwischen den Wolken, im Kern des entstehenden Unwetters war wieder das Fremde, das, was er fürchte. Doch anstatt verängstigt seinen Blick abzuwenden und darauf zu hoffen bald aufzuwachen, versuchte er zu ergründen, was genau dort am Horizont auf ihn lauerte. Er würde es ertragen, dessen war er sich nach den Erlebnissen in Whitecoast sicher. Wenn Sh'Octuan Recht hatte, würden ihre Feinde, die Yith, seiner habhaft werden wollen.

Alex fühlte sich wach. So viel Schmerz konnte nur die Realität bereiten. Es war kein Traum mehr, in dem er sich befand, sondern die schreckliche reale Welt. Bereits unzählige Male hatte er diesen Übergang aus seinen Albträumen zurück ins Leben durchgemacht, doch niemals zuvor hatte das Geträumte sich so intensiv, so echt angefühlt. Mit der Kraft der Verzweiflung klammerte sich Alex an diesen Zustand. Seine Augen durften einfach nicht wieder zufallen. Unter keinen Umständen durfte er wieder das Bewusstsein verlieren. Wer

175

konnte schon sagen, wann und ob er überhaupt jemals wieder aufwachen würde.

Seine Augen brannten, aber standhaft, beinahe gewaltsam hielt er sie offen und schaute sich zumindest die nähere Umgebung des Zimmers an. Irgendetwas an dem Raum wirkte fremd, was ihn jedoch nicht verwunderte, denn wenn er jetzt nicht hier – und das warf die Frage auf, wo genau er eigentlich war – wäre, läge er höchstwahrscheinlich auf dem Grund der Bucht. Welcher Bucht? In seinem Gedächtnis klafften große Lücken. Ein Krankenhaus. Das war naheliegend und würde die Befremdlichkeit des Raumes erklären.

Trotz aller Anstrengungen fielen seine Augen zu. Kurz genoss er die Schwärze, die sich wie eine warme Decke um ihn legte. Was für eine Wohltat diese Dunkelheit doch war. Er würde einfach ein paar Stunden schlafen und die offenen Fragen später klären.

In einem letzten Aufbegehren von Neugier öffnete Alex die Augen, um sich das kleine Zimmer genauer anzusehen. Ein niederfrequentes, kaum hörbares Summen durchdrang den Raum. Es war bereits vorher da gewesen, doch Alex nahm es erst jetzt bewusst wahr.

Doch der Raum um ihn herum war nicht klein. Oder zumindest nicht mehr. Für den Zeitraum eines Blinzelns war aus dem kleinen Krankenhauszimmer etwas anderes geworden. Er befand sich inmitten eines mehreckiges Raumes, der mehr als doppelt so groß war, wie das Zimmer, in dem er sich eigentlich befinden sollte. Die Wände waren vollständig mit fremdartigen, eindeutig nicht menschlichen Zeichen bedeckt und schienen zu glimmen. Eine Decke hatte der Raum nicht oder es war keine zu erkennen. Stattdessen konnte man von einer Gallerie, ungefähr ein Stockwerk höher, durch in obskuren Farben schimmerndes Glas auf ihn herabschauen.

Als wäre er ein Anschauungsobjekt.

Und dann sah er sie. Ihre sonderbar dreieckig geformten Leiber, die tentakelartigen Auswüchse und den fehlenden Kopf. Aus seiner liegenden Perspektive wirkten sie noch größer, noch massiger, als sie wahrscheinlich ohnehin schon waren – drei, vielleicht vier Meter maß die Tangente ihres Körpers. Dicht gedrängt schienen sie ihn anzustarren, auch wenn er keine Augen oder andere Sinnesorgane ausmachen konnte.

Waren das die anderen? Die Yith, so wie Sh'Octuan sie genannt hatte? War das ihre Art, ihm mitzuteilen, dass sie ihn beobachteten? Oder war er ihr Gefangener? Würden sie ihn auslöschen, weil er zu viel wusste, zu tief in eine Welt vorgedrungen war, die nicht für die Menschen bestimmt war?

Dann fielen seine Augen ein weiteres, ein letztes Mal zu und Alex entschlief in eine wohltuende Ohnmacht.

14. Epilog

Später. Minuten? Oder Tage? Vielleicht Wochen?

Das erste, was zu seinem Bewusstsein durchdrang, waren die Klänge der eindringlichen und unvergesslichen Stimme von J. J. Cooper, die aus dem Radio zu stürmen schienen.

Keine Engelschöre, nicht die Wunder der modernen Medizin, sondern ein Sportmoderator war es, der ihn aus der Dunkelheit zurückholte.

Stimmen um ihn herum. Echte Stimmen, nicht durch Lautsprechermembranen verzerrte. Es war also jemand bei ihm im Zimmer.

„Da hast du aber Glück gehabt, Junge!" Alex kannte die raue, aber sehr warm und wohlwollende Stimme. Sie gehörte Captain Morgan von der Küstenwache. Er hatte damals als junger Sergeant die Trainingsfahrt geleitet, die durch Zufall auf Alex gestoßen waren und ihn gerettet hatten. Alex verdankte diesem Mann sein Leben. Hatte der Zufall oder das Schicksal sie erneut zusammengeführt?

Captain Morgan lachte laut und unverhohlen. Er klang noch genau wie damals.

„Da hast du aber Glück gehabt, Junge. Eigentlich wollten das Team und ich nicht mehr rausfahren, schon gar nicht bei diesem Wetter. Doch letzte Nacht habe ich ...", er machte eine Pause, um zu lachen. „Letzte Nacht habe ich davon geträumt, das Unwetter für das Training zu benutzen und konnte einfach nicht anders, als die Ausbildungsfahrt beim Chief zu beantragen."

Sein Lachen verstummte und der Captain wurde ernst.

„Wären wir nur ein paar Minuten später gekommen, wärst du erfroren, ertrunken oder verblutet. Was hast du denn auf dieser Klippe am Rande der Welt gemacht?"

Alex schilderte in kurzen, schlichten Sätzen wie Autumn ihn förmlich dazu gezwungen hatte, die Reise anzutreten und wie er schließlich in Whitecoast gelandet war. Die Vorfälle dort stellte er dann so ausführlich und sachlich wie möglich dar. Allerdings fehlte in seiner Erinnerung alles, was nach seiner Flucht aus dem Keller unter der Fabrik geschehen war.

Dabei war er so sehr in die Schilderung seiner Erlebnisse vertieft, dass Alex erst sehr spät bemerkte wie sein Umfeld ihn gleichermaßen amüsiert wie entgeistert ansah. Durch diese Erkenntnis animiert, beendete er seine Ausführungen sehr rasch.

"Junge, das ist die beste Geschichte, die ich seit langem gehört habe. Du solltest ein richtiger Schriftsteller werden." Der Captain war es, der völlig unverblümt aussprach, was alle anderen zu denken schienen.

Alex schaute ihn verdutzt an. Sicher, er war nicht mehr bekannt genug, als dass die Leute ihn auf der Straße erkannten, doch trotzdem sah er sich als Schriftsteller durch und durch.

"Aber studier erstmal zu Ende und dann kannst du aus deiner Fantasie Kapital schlagen." Morgan schlug dem Jungen freundschaftlich auf die Schulter.

Der Captain verließ mit diesen Worten immer noch lachend das Zimmer.

Philipp trat an das Bett. Alex musste schmunzeln. Sein alter Studienfreund war wirklich nicht älter geworden.

"Ich habe hier die Exmatrikulationsunterlagen, die du verlangt hast. Bist du wirklich sicher, dass das der richtige Schritt ist?"

Alex verstand nicht.

"Alex", Philipp sprach ihn an, als würde er ihn wecken wollen. "Meinst du nicht, dass du erst einmal gesund werden solltest, bevor du dein Studium wegwirfst?" Er klang freundlich, aber dennoch hörte Alex den Tadel aus seiner Stimme klar heraus.

Erst jetzt blickte sich Alex aufmerksam im Zimmer um und erkannte, dass die Einrichtung seit zwanzig Jahren aus der Mode gekommen war.

"Welches Datum haben wir?"

Philipp, der gerade ansetzte, etwas zu sagen, verstummte und sah Alex lange an, bevor er antwortete.

"Den 29. September", flüsterte er beinahe. "Du hast beinahe drei Tage geschlafen."

"Welches Jahr?"

Alex' Stimme zitterte, als er die Frage stellte, deren Antwort er bereits kannte, doch er klammerte sich an die Hoffnung, sich einfach zu irren.

Philipps Blick wandelte sich von Mitleid zu ängstlichem Unverständnis, er antwortete jedoch nicht.

"Philipp, welches Jahr haben wir?"

Stille.

"Endlich hast du verstanden."

Die Stimme war direkt in seinem Kopf. Alex hörte sie nicht, er nahm sie wahr. Jetzt verstand er tatsächlich. Es war, als wäre alles bereits von vornherein klar und offensichtlich gewesen. Der Krieg zwischen diesen dem Menschen so überlegenen Mächten war allgegenwärtig und umgab ihn und die ganze Menschheit gleichermaßen. Ein Grauen, das so uralt war, dass sein Ursprung so weit jenseits der Grenzen der bekannten Geschichtsschreibung lag, dass man es mit dem beschränkten menschlichen Vorstellungsvermögen kaum erfassen konnte. Alex Gedanken entglitten ihm völlig. War letztlich die Menschheit und ihre Schöpfung auch nur eine strategische Handlung in einem Krieg? Wie oft waren die Yith bereits in der Zeit umher gereist, um den Verlauf der Geschichte zu korrigieren? Wie oft hatte Sh'Octuan bereits in diesen Verlauf der Dinge eingegriffen, um genau das zu vermeiden? In Alex Gedanken türmte sich die Vorstellung eines bis in die Unendlichkeit andauernden Krieges zwischen Parteien, die nach menschlichen Begriffen so abstrakt waren, dass man sie nach diesen Maßstäben unter keinen Umständen in „gut" und „böse" unterteilen konnte.

Auch wenn er die Fähigkeit der Yith nicht verstand, wusste er, dass sie die Möglichkeit besaßen, den Geist eines Wesens durch Raum und Zeit zu transportieren. Sie hatten ihn in die Vergangenheit zurückgeschickt, um seine Reise nach Whitecoast zu verhindern. Auf diese Weise wurde vermieden, dass Alex auf die sonderbaren Geschehnisse in Whitecoast aufmerksam wurde und letztendlich – freiwillig oder nicht stand außer Frage – zu Sh'Octuans Agent wurde. Oder war genau das ihre Absicht? Wollten sie Alex gar als Doppelagenten benutzen?

War es bereits schon einmal so verlaufen? Er grub in den Tiefen seiner Erinnerung nach dem Grund, warum er damals aus Arkham geflohen war. Sicher, da war der Unfall gewesen. Und auch die Scham über das Geschehene. Vielleicht hatte das Mädchen auch eine Rolle gespielt.

Langsam streckte er die Finger nach der schwarzen Kugel aus, die er in den Trümmern seiner Erinnerungen an der gewohnten Stelle vorfand. Seine Kuppen berührten die glatte, schwarze Oberfläche. Das erste Mal. Nach all den Jahren, war es ihm gelungen, diesen Bereich seines Bewusstseins zu betreten.

Die Erkenntnis war schmerzhaft, erschien aber gemessen an dem, was er bis hier her ertragen hatte, beinahe bedeutungslos. Nicht sein Unterbewusstsein hatte den glänzenden schwarzen Panzer um seine Erinnerungen gewebt, sondern jemand anderes. Jemand von außen.

Genau wie heute war Alex damals im Krankenhaus wach geworden und verspürte einen tiefen, unbegründeten Ekel in sich. Angefangen mit der Luft, die für ihn den Duft von Verwesung trug, bis hin zum Licht der neuenglischen Sonne, das auf seiner Haut zu brennen schien. Die Sprache der Menschen, der Akzent schmerzte in seinen Ohren und beim Ausblick über das Meer ergriff die tiefe unbekannte Furcht Besitz von ihm.

Um sicherzustellen, dass Alex niemals, nicht einmal zufällig, nach Whitecoast kam, war es das einfachste, ihn alles an Neuengland hassen zu lassen und jede Form des Unbehagens in ihm auszulösen, die ein Mensch empfinden konnte. Damit sein Geist nicht an dieser Fülle von Fehlinformationen zerbrach, verbarg man die Ursprünge dieser Furcht in der schwarzen Kugel und versenkte sie in den Emotionen und Verwirrungen rund um den Sturz von der Klippe. Denn ein Unfall konnte so etwas schließlich auslösen, nicht wahr? Immerhin hatte er genau das all die Jahrzehnte geglaubt. Wenn es denn überhaupt ein Unfall gewesen war. Es musste einer gewesen sein. Oder? Sollte sich letztendlich auch ein Ereignis dieser Tragweite als beeinflusst oder gar arrangiert herausstellen?

War es ein Gegenmanöver zu dieser Verkettung von Aktionen, den ehemaligen Professor und Buchhändler verschwinden zu lassen? Hatte dieser sich auch zu weit in die Dunkelheit dieser Wesen hervorgewagt und musste deshalb ausgelöscht werden oder war er nur ein Köder gewesen, der Autumns Aufmerksamkeit erregen sollte? Alex spürte die Verbindung zum Selbstmord des Studenten, von dem er in dem alten Zeitungsartikel gelesen hatte, doch er konnte sie nicht greifen, nicht konkretisieren. Beides vom Ausgangspunkt der Geschichte rund hundert Jahre in der Vergangenheit. Beides mysteriös, damit Autumn auch mit Sicherheit darüber stolperte und ihn dazu überredete, diese Reise anzutreten.

„Ich habe davon geträumt."

Autumns Stimme klang aus den nicht ganz so tief gelegenen Regionen seiner Erinnerungen zu ihm heraus. Wie bedeutsam dieser Satz jetzt plötzlich war.

Mühsam versuchte Alex aufzustehen, doch etwas hielt ihn am Bett fest. Philipp trat näher heran und redete mit beruhigender Stimme auf ihn ein.

„Das ist nur zu deiner Sicherheit, mein Freund. Nach deinem Sturz von der Klippe warst du verwirrt und über kürzere Phasen hinweg so aggressiv, dass du Ärzte und Personal angegriffen hast."

Was? Niemals würde Alex so etwas tun. Fassungslos starrte er auf die weißen Lederschlaufen an Hand- und Fußgelenken.

„Warum sollte ich sowas tun?"

Das Zögern kehrte in Philipps Stimme zurück und Alex war sicher, sogar ein leichtes Stottern zu erkennen, dass ihm bei seinem Freund ansonsten völlig fremd war.

„Außerdem hatten die Ärzte die Befürchtung, dass du erneut versuchen würdest, dir etwas anzutun."

Der Schock über diese Äußerung traf Alex derartig unvorbereitet, dass er glaubte, für einen Moment die Besinnung zu verlieren, bevor er mit dem brüchigen Rest seiner Stimme lediglich ein Wort wiederholte.

„Erneut?"

Philipp legte ihm die Hand auf die Schulter.

„Du weißt, dass wir schon lange Freunde sind. Wenn dich etwas bedrückt, dann können wir darüber sprechen. Wir werden diese Situation gemeinsam meistern. Das verspreche ich dir, Alex."

„Erneut?!" wiederholte Alex, diesmal mit festerer Stimme und so energisch, wie er konnte. Dabei ignorierte er die Aussage, die sein Freund wieder in dem gewohnt warmen und vertrauenserweckenden Ton vorgetragen hatte.

„Alexander, wir haben deinen Abschiedsbrief in deiner Schreibmaschine gefunden."

Jetzt brachen die Eindrücke der Welt über ihm zusammen, wie die Wellen des Ozeans. Was für ein Abschiedsbrief? Wollten SIE es so aussehen lassen, als hätte er geplant, sich das Leben zu nehmen, um ihn zu diskreditieren und seine Glaubwürdigkeit dadurch völlig auszulöschen?

„Der Brief ist nicht von mir. Das waren SIE..." Alex verfluchte sich bereits, während die Worte noch über seine Lippen krochen. Welches Bild würde er nun vermitteln? Nicht nur suizidal, sondern auch noch geistesgestört. Großartig.

„Das weiß ich doch, Alexander." Philipps Hand ruhte immer noch auf seiner Schulter. Warum musste er ihn immer dann Alexander nennen, wenn sie beide nicht derselben Meinung waren?

„Du hast uns während einer ersten, frühen Wachphase die Geschichte von IHNEN erzählt. In Bruchstücken zwar, aber ausführlich genug, um zu erkennen, dass es nicht die unausgegorenen Fantasien eines Menschen sind, der mit dieser Welt abgeschlossen hat."

Die Gedanken über diese Form der Einflussnahme auf sein Leben und die Konsequenzen, die ihnen folgten, zogen sich wie Drahtseile um seine Kehle und raubten ihm den Atem. Nicht vielen Menschen wurde das Verständnis um ihren Platz im Universum auf diese direkte Art und Weise zu teil. Der Mensch an sich war klein und unbedeutend, nur ein Platzhalter im großen Spiel. Welchen Weg er auch immer einschlagen würde, welche Entscheidung er treffen würde, SIE – ob nun Sh'Octuan oder Yith – hätten es bereits Äonen im Voraus antizipiert.

„Alexander," begann Philipp erneut, „dein Selbstmordversuch und die sonderbaren Dokumente, die wir in deinem Zimmer gefunden haben, sind sehr beunruhigend gewesen."

Das hier war kein Krankenhaus. Furcht ergriff das Herz des Schriftstellers. Philipp fuhr jedoch unbeirrt fort und schien die Gemütsänderung seines Freundes nicht zu bemerken.

„Aber das Arkham Sanatorium bietet die besten und modernsten Behandlungsmöglichkeiten für diese spezielle Art der Erkrankung. Ich verspreche dir, dass ich dich jeden Tag besuche, bis du wieder ganz der Alte bist."

Arkham Sanatorium? Eine Irrenanstalt?

„Philipp, das kannst du nicht tun! Du kannst mich hier nicht einsperren lassen." Alex begann sich in Rage zu reden.

„Du darfst ihre Lügen nicht glauben! Das sind falsche Spuren, die sie gelegt haben. Hörst du? SIE wollen nur, dass ich nicht nach Whitecoast gehe! SIE wollen mich von der Stadt fernhalten."

Seine Stimme überschlug sich vor Aufregung.

"Hörst du denn nicht? Der verschwundene Buchhändler und der tote Student sind nur Werkzeuge gewesen, um sicherzustellen, dass ich beinahe ein Jahrhundert später nach Whitecoast gehe!" Er keuchte.

„So ist es beim letzen Mal auch nicht gelaufen."

Da gab es allerdings auch keinen Abschiedsbrief.

Das traurig nickende Gesicht seines Freundes nahm er nicht mehr war, als seine Rede sich in wirres Geschrei wandelte und er immer und immer wieder versuchte, sich von seinen Fesseln zu befreien. Alex bemerkte auch nicht, wie Philipp mit gesenktem Haupt das Zimmer verließ und zwei weiß gekleidete Gestalten an die Seiten seines Bettes traten. Erst der brutale Einstich der Spritze dämpfte seinen Ausbruch ein wenig. Wortlos verließen die beiden Männer den Raum wieder.

Der Beweis der Geisteskrankheit liegt darin, dass man sie abstreitet. Dieser kluge Gedanke kam Alex jedoch viel zu spät. So hatte er seinem Freund lediglich die Bestätigung dafür geliefert, was dieser aus Sorge ohnehin schon angenommen hatte.

Entkräftet sank Alex in sich zusammen und konnte ein panisches Schluchzen gerade noch unterdrücken.

Dann empfing ihn die Dunkelheit und schon bald sah er sich selbst wieder an der Küste stehen. Der Wind zerrte an seinen Kleidern und brachte den Geruch des Meeres mit sich. Die Schärfe des Windes kündigte ein Unwetter an. Einen schweren Sturm. Unbewegten Geistes schritt Alex näher an den Abgrund und ließ sich nieder.

Er hatte keine Angst, war frei von jeder Furcht. Sollte der Sturm nur kommen. Er würde ihn erwarten.

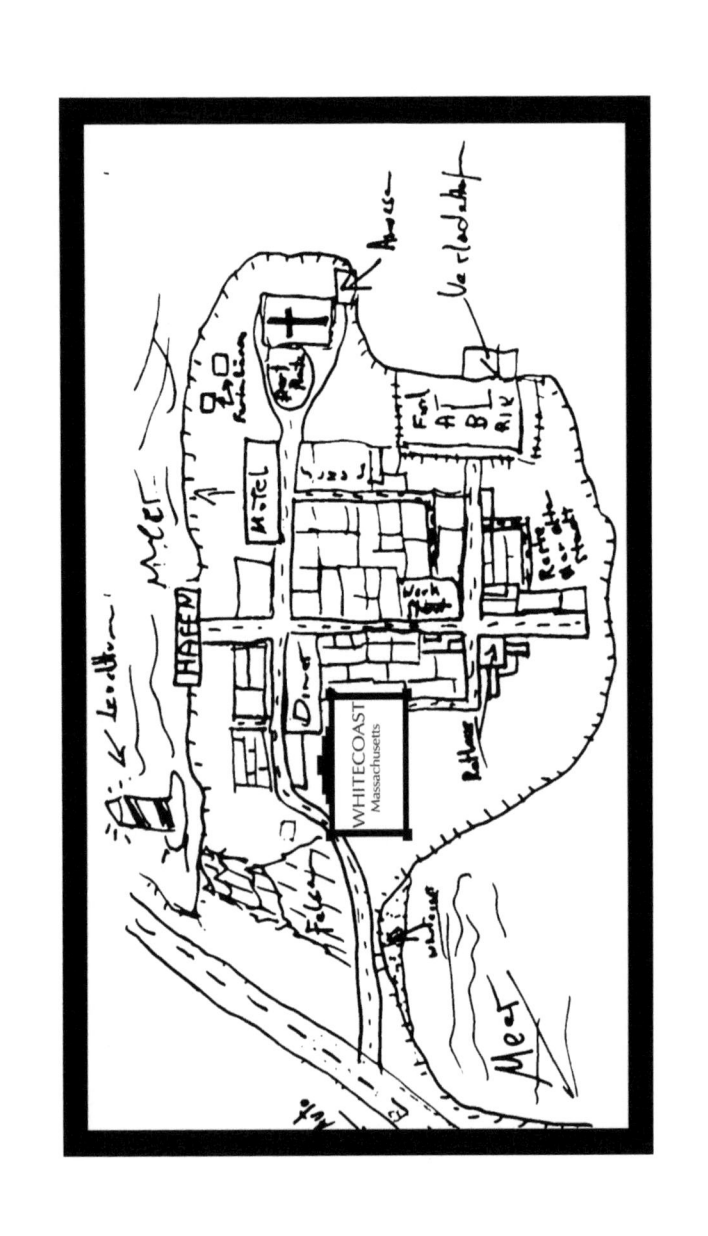